Immortalis

www.lemasque.com

Elias Jabre

Immortalis

ÉDITIONS DU MASQUE
17, rue Jacob – 75006 Paris

Je remercie le Docteur Jade Ghosn pour ses précieux conseils sur la thérapie génique qui m'ont aidé à mettre au point cette fiction.

Je remercie aussi mes premiers lecteurs, notamment Karim, Joe, JX, Thomas, Claire, Christophe et Sylviane, pour leur enthousiasme et leur soutien.

À Mia et Maya

« Je crois qu'on en est venu maintenant à discuter des avantages et des inconvénients d'un suicide progressif ou simultané de tous les habitants de la planète (...)

» À cent ans, l'être humain peut se passer de l'amour et de l'amitié. Les maux et la mort involontaire ne sont plus une menace pour lui. Il pratique un art quelconque, il s'adonne à la philosophie, aux mathématiques ou bien il joue aux échecs, solitairement. Quand il le veut, il se tue. »

Jorge Luis Borgès,
Utopie d'un homme qui est fatigué

« *Utopie d'un homme qui est fatigué* est à mon sens la pièce la plus honnête et la plus mélancolique de la série. »

Jorge Luis Borgès,
Épilogue tiré de *Le Livre de sable*

1

Une grande victoire

« J'ai déjà dit quels soins affectueux les Utopiens ont pour les malades ; rien n'est épargné de ce qui peut contribuer à leur guérison, soit en remèdes, soit en aliments. »

Thomas More, *L'Utopie*

« Le progrès n'est que l'accomplissement des utopies. »

Oscar Wilde

Siège de l'AIDE, mai 2014

Fleur souriait, mais elle n'écoutait pas. Ses yeux lourds de sommeil ne s'attachaient à rien ni personne, et ses pensées défilaient comme le décor derrière la vitre. À sa gauche, le chauffeur lui livrait de fastidieuses analyses sur les perspectives de l'Association depuis leur dernière victoire. Il se tournait vers elle, à chaque digression, pour exiger son approbation.

« L'homme a changé, il est devenu raisonnable. Il lui a fallu du temps, mais il a changé ! » lui assurait-il avec l'accent métissé des dernières vagues d'immigration africaine. Elle hochait la tête de temps à autre, même si les mots n'avaient aucune prise. À chaque fois, elle reportait son regard vers la fenêtre.

Une secousse inattendue la tira de sa rêverie. Elle passa la main sous son chandail Karenzo maillé à l'ancienne, caressa son ventre, et se troubla un peu au contact de sa peau tiède et lisse. *Combien de temps avant que cette surface douce ne s'arrondisse ?*

Un indicateur sur le tableau de bord signalait qu'ils n'étaient plus qu'à quelques secondes du siège de l'AIDE, l'Association Internationale Déficience et Entraide. Le conducteur stoppa la Ponda bleu métallisé devant l'entrée principale, et déclencha l'ouverture verticale des portières.

Fleur accueillit la brise fraîche avec soulagement, puis inspira plusieurs fois pour lutter contre la sensation douceâtre qui venait de l'envahir. Elle remercia poliment le chauffeur du taxi, et présenta sa carte d'accès au système d'authentification, avant de s'engouffrer à l'intérieur de la tour.

Elle observait la cohue inhabituelle. Elle semblait chercher quelqu'un. Une voix familière la héla à travers le hall.

« Dépêche-toi, prof ! Ils en ont déjà démoli trois ! » Plus loin, derrière l'accueil, un collègue qui se dirigeait en hâte vers un ascenseur, lui faisait signe.

« J'arrive, j'arrive ! Je dois d'abord passer prendre un truc dans mon bureau et je vous suis juste après ! Sais-tu où est Saturne ? Fred devait le déposer à l'entrée ! »

Il écarta les bras.

« Pas la moindre idée ! » et disparut happé par les portes métalliques.

Fleur déposa son badge de transport rechargeable auprès de l'hôtesse qui tenta de la rassurer.

« Saturne est arrivé ! Votre assistant l'a accompagné. Il vous attend là-haut ! » signala-t-elle avec un sourire bienveillant. Fleur le lui rendit forçant un peu sur ses lèvres engourdies. Son angoisse ne s'apaisait pas. Elle rejoignit le groupe en effervescence qui attendait le convoi suivant. Ils la saluèrent et reprirent leur conversation où il était question d'espoirs inouïs, de sagesse des nations, de révolution humanitaire, et de nouvel ordre mondial. Elle ne participait pas comme elle l'aurait voulu à l'exaltation générale. En ce moment, sa propre histoire lui importait bien plus.

Les portes de l'ascenseur se refermèrent. Elle se rencogna dans un coin de la cabine, se préparant à subir la poussée, propulsée vers le trentième étage. L'écœurement gagnait par paliers. Elle pressa sa paume contre sa poitrine pour réprimer un haut-le-cœur.

Saturne était affalé sur un canapé de son bureau. L'enfant dormait à poings fermés, son visage sombre collé au cuir crème. Léonard, son mari, l'avait recueilli au cours d'une conférence sur la thérapie génique qui se tenait dans une contrée où ses homologues généticiens n'hésitaient pas à tenter des expériences sur des cobayes humains. C'est au cours d'une visite d'un de leurs laboratoires, que Léonard réclama l'un des gamins encagés. La vivacité de ce regard... Il avait attiré son attention. Un gamin aux yeux immenses et fous... Il semblait le plus jeune parmi tous les petits prisonniers, malgré sa large corpulence. Trois, quatre ans tout au plus. Léonard l'obtint grâce à sa renommée internationale, et le confia au centre AIDE pour qu'il y soit soigné.

Dès que Fleur avait aperçu la bouille paumée et noiraude de Saturne, elle fondit sur lui pour lui administrer une mitraille de baisers mouillés. Il devint son protégé.

Après avoir déposé sa serviette, Fleur vérifia que son frère n'avait pas laissé de messages. Elle retint sa respiration en pressant la touche, mais le visiorépondeur était vide. Elle s'approcha de la petite masse sombre pour embrasser ses joues charnues, puis s'en alla rejoindre les autres, au sommet de la tour.

Le centre s'était encore agrandi par l'annexion de Nanterre. À plus de soixante mètres de hauteur, Fleur et ses collègues observaient silencieux la démolition des bâtiments en béton qui avaient abrité cinq générations de damnés. Tout autour, des banlieusards enterraient un passé sans joie, et vidaient des bouteilles de bière avant de les projeter vers les blocs qui s'écroulaient. On devinait leurs cris qui mêlaient la liesse, le soulagement, la rage. L'avenir ne leur réserverait guère mieux.

Parmi eux, certains espéraient être reclassés dans la nouvelle zone, comme employés au service de l'Association.

Au siège de l'AIDE, les membres de la direction échangeaient des clins d'œil, et se félicitaient de la campagne de lobbying. Elle avait porté ses fruits au détriment des investisseurs et autres prédateurs. Avec le nouveau périmètre, AIDE disposerait dorénavant d'une véritable cité humanitaire.

« Dans un premier temps, il faut réaménager les terrains avec des hôpitaux ultra-modernes. Ensuite, AIDE sera en mesure d'accueillir quelques dizaines de milliers de malades supplémentaires », expliquait l'un des dirigeants non sans satisfaction à des têtes opinantes. « Jusqu'à présent, les victimes affluaient pour occuper chaque nouvel espace conquis. Désormais on pourra toutes les loger ! Et vous chère Fleur, vous allez pouvoir construire votre école pour rééduquer nos petits patients ! » lui lança-t-il, sans qu'elle ait suivi ses propos.

Fleur tentait de maîtriser sa nausée. Elle amorça une discussion avec un collègue sur le futur aménagement de son école, lorsqu'une petite boule de suie, de muscles et de nervosité vint s'agripper à sa jambe et manqua de la renverser. Elle tirait sur sa jupe de plus belle.

« Il faut me suivre ! Il faut me suivre ! Il faut me suivre ! » répétait le gamin tout rond. Ses yeux exorbités confirmaient que cette injonction ne supportait pas le moindre atermoiement : c'était maintenant ou tout de suite.

« Qu'y a-t-il, Saturne ? Lâche ma jupe, tu vas me l'arracher, petit monstre ! » Certains collègues se retournèrent, sans doute intéressés, d'autres gratifièrent Saturne d'un sourire attendri.

« Il faut me suivre !

– Lâche-moi, ça va, je t'accompagne !

– Par là, par là, c'est par là !

– Je connais le chemin de la sortie, petit bonhomme. Explique-moi juste où tu veux m'emmener !

– C'est par là !

– Vas-tu me dire ce qui se passe ? répondit-elle en caressant le crâne rasé de l'enfant. » Il ne se calma pas.

« Oncle Stanislas vient d'appeler. Tu dois aller le voir, il dit que c'est très important. Il a l'air fâché, et il m'a crié dessus pour que je me dépêche ! »

Le sourire de Fleur se résorba brutalement. Bien qu'elle reconnût les manières rudes de son frère... *Il a dû terminer le diagnostic prénatal. Pourquoi ne m'a-t-il pas communiqué les résultats par visioconférence ?* L'envie de vomir devenait irrésistible.

Après deux années de tentatives infructueuses, Fleur s'était crue inapte à donner la vie. Elle avait supplié Léonard de passer avec elle un certain nombre d'examens, mais si le docteur Léonard Jansen, expert en génie génétique, suivait scrupuleusement ses patients, il affichait une certaine réticence à s'occuper de son propre cas. *Ça n'urge pas !* lui répondait-il quand elle insistait trop. *Patiente un peu, on a la vie devant nous !* Elle se demandait s'il voulait des enfants, *ou peut-être a-t-il peur ? Il connaît les risques. C'est ma faute !* Alors Fleur consulta le confrère de Léonard qui était à l'origine de leur rencontre. Son propre frère, Stanislas. Son frère maudit.

Quelques jours après qu'il l'eut orientée vers un spécialiste des troubles de la fertilité, elle ressentit soudain les premiers signes de la grossesse. Contre toute attente, l'examen sur sa stérilité révéla finalement qu'elle était enceinte.

Lorsqu'on le lui confirma, Fleur, telle une héroïne de mélo, se transforma en fontaine. Dès qu'elle fixait Saturne, elle fondait en larmes. Le pauvre, qui ne comprenait pas, partait se cacher dans les placards de son bureau. Elle le dénichait, le dévisageait, puis se remettait à pleurer... Alors Saturne, affolé, éclatait en sanglots à son tour, sans trop savoir pourquoi, et elle le serrait fort dans ses bras. La scène se reproduisait plusieurs fois par jour. Était-ce un relent de sadisme, elle ne pouvait entièrement le nier. Mais elle adorait ça !

Cependant Léonard l'avait mise en garde. Évidemment, elle connaissait son hérédité chargée. Cette malédiction familiale qui avait déterminé la vocation de son frère Stan.

Stanislas, davantage intéressé par l'étude de son propre sang que mû par l'instinct fraternel, s'était lui-même proposé d'établir le diagnostic prénatal. Il devait lui communiquer les résultats de l'analyse dans le courant de la matinée.

Fleur sortit des toilettes un peu moins pâle, avant de se diriger vivement vers l'ascenseur, alors que Saturne la suivait tant bien que mal. De retour à l'accueil, elle se faufila derrière l'hôtesse qui se débattait avec le téléphone dont trois signaux clignotants indiquaient les appels en attente. Fleur identifia sur le bureau son badge de transport qui avait dû être rechargé, et le fourra dans sa poche avant que la jeune femme n'ait le temps de réagir. Traînant Saturne d'une main, elle happa au passage la manche d'un chauffeur de taxi qui discutaillait devant la tour avec un de ses collègues.

2

Le diagnostic prénatal

« D'après (...), alors mieux vaut ne pas naître que d'être handicapé. »

P. G. C., franciscain,
Critique de l'arrêt Perruche

Généton, mai 2014

Léonard l'attendait devant la porte du laboratoire. Il tenta d'esquisser un sourire et l'enlaça.

« Ne t'inquiète pas, Fleur, tout se passera bien.

– Alors pourquoi nous a-t-il demandé de venir pour... elle n'acheva pas et se blottit dans ses bras.

– C'est l'usage ma chérie, tout simplement l'usage. » Léonard fixait l'interphone. « Chhh ! Ne t'inquiète pas ! ne t'inquiète pas ! » lui répétait-il sans que la formule porte, alors qu'il brossait ses cheveux roux avec une lenteur étudiée, espérant freiner la cadence de ses battements de cœur. « Bon ! » Il pressa la touche et le visage anormalement allongé de Stanislas apparut sur l'écran. Le verrou électronique se désactiva et ils purent pénétrer dans un des lieux les plus secrets de la société Généton. Stanislas les salua d'un hochement de tête, et leur indiqua deux sièges

Kaekiri en cuir, isolés dans un coin de la pièce. Personne autour.. Stanislas semblait travailler seul aujourd'hui

« Je vais me chercher un tabouret ! » déclara-t-il avec une solennité qui trahissait son embarras, et il tendit à Léonard la tablette électronique Juritsu où s'affichaient les résultats du diagnostic prénatal issus du séquenceur.

Léonard, toujours debout, observa le caryotype de son futur enfant, avant de zoomer et décrypter la séquence génomique en cause. Il soupira comme pour confirmer un mauvais pressentiment. Fleur, qui le dévisageait, se plaqua de nouveau contre sa poitrine. Il la détacha, enveloppa ses mains des siennes, avant de rechercher ses yeux fuyants. Il murmura d'un ton ferme :

« Fleur ! Fleur ! » Elle essayait de l'éviter en remuant la tête de gauche à droite, elle niait tout, elle niait en bloc, elle refusait l'avenir de toutes ses forces.

« Fleur, regarde-moi ! Fleur ! Il faut que tu m'écoutes ! » et il serra sa prise. Elle se résigna et lui offrit son regard comme on présente son cou à la lame de l'assassin.

« C'est une fille, Fleur... » Léonard se tut un instant et reprit : « Il est possible qu'elle développe quelques troubles mentaux, mais ce n'est pas certain. » Il se tut de nouveau trois à quatre secondes. « Elle vivra, il n'y a aucun risque de la perdre.

– Qu'est-ce qu'il y a, Léonard ? Qu'est-ce que j'ai fait ?

– Tu n'as rien fait, tu n'y es pour rien. Le code présente juste quelques anomalies, mais l'enfant vivra, c'est certain, et il est possible que l'affection ne se développe jamais. Tu sais que l'environnement joue énormément dans le cas des maladies multifactorielles ! » La voix de Léonard faiblissait. Il était incapable de mensonge, surtout pour rassurer.

« Je vais devoir avorter ! » conclut Fleur. Elle devait prononcer le mot à haute voix pour assimiler cette révélation intolérable.

« Mais non, Fleur, tu ne m'as pas compris ! » lui reprocha tendrement Léonard, mais elle ne semblait toujours pas écouter. Elle posa ses mains sur son ventre avant d'implorer les deux chercheurs :

« Et vous ne pouvez pas la guérir ? Stanislas, tu travailles depuis dix ans sur les maladies des gènes, tu ne peux rien faire pour elle ? Pour moi ?

– Je comptais justement vous en parler », répondit-il avec prudence.

Léonard se retourna vers lui brusquement. Il lui en voulait déjà de donner à Fleur de faux espoirs, dans cette situation difficile, où l'unique remède consistait à affronter la réalité avec courage.

« C'est vrai ? Tu peux faire quelque chose ? » interrogea Fleur au bord de l'hystérie en se jetant sur son frère qui l'arrêta aussitôt d'un bras tendu. Léonard, lèvres pincées et le sourcil ombrageux, fixait son beau-frère. Il lui reprochait sa désinvolture.

« Hep, hep, hep, on se calme. Je ne suis pas loin de vous proposer une solution miracle. Mais il y a encore de nombreux risques incalculables.

– Tu parles de ta dernière publication sur la modification des gènes de chimpanzés ? reprit Léonard, tu es fou, c'est beaucoup trop tôt, tu sais bien que des tentatives similaires sur les rats ont donné lieu à des aberrations chromosomiques dans quatre-vingt-quinze pour cent des cas.

– Ça, c'est ce que j'offre à la presse pour ne pas l'affoler. Tu sais, nous avons pas mal progressé ici, Léonard, et à te dire la vérité, je suis très optimiste sur notre dernier traitement. L'adénovirus a été amélioré, et nous sommes capables de le téléguider jusqu'à la séquence d'ADN cible.

– Pour une cellule, passe encore, mais quand il s'agit d'un corps composé de millions de cellules, je ne vois pas bien comment ! s'exclama-t-il.

– Pas d'un corps, d'un embryon composé juste de quelques milliers de cellules ! » reprit Stanislas. Léonard ne percutait pas. Fleur, quant à elle, ne comprenait rien à ces explications, mais son visage s'était illuminé.

« Suis-moi ! » Stanislas coupa court à la discussion et entraîna son ami vers une porte qui dissimulait un placard. Cependant, rien ne laissait présager qu'on pouvait traverser la multitude de cintres emcombrés de vêtements et disparaître. Léonard, à son tour, écarta prudemment les vestons et se glissa dans la fente entrouverte. Fleur le suivait. Ils débouchèrent dans une salle insonorisée au fond de laquelle ronronnaient deux couveuses où reposaient des enfants bulle en gestation.

« Tu as des couveuses ? Je croyais que tes activités se limitaient, jusqu'à présent, à la recherche fondamentale ? s'étonna Léonard.

– Mieux que ça, Léo, c'est un modèle amélioré avec utérus artificiel. Il permet à l'embryon de s'oxygéner pendant ses trente semaines de formation jusqu'à ce qu'il développe ses propres poumons, lui annonça fièrement Stanislas avant de continuer. Je te présente mes deux futurs enfants, garçon et fille, et j'ose espérer deux futurs petits génies ! » révéla Stanislas le plus naturellement du monde.

Léonard le fusilla du regard.

« J'ai toujours su que tu étais un peu cinglé, mon pauvre Stan, mais je ne pensais pas que tu calquais tes pratiques sur les fous dangereux des sectes Kreul et autres allumés.

– Ça n'a rien à voir. Comment peux-tu nous comparer ? Eux sont des mystiques doublés de charlatans. Moi je suis un professionnel, mon ami ! Veux-tu que je t'explique le moyen de sauver *ton* enfant, ou tu préfères me dénoncer tout de suite aux autorités ?

– Déjà, *mon* enfant n'a pas à être sauvé puisqu'il n'est pas malade !

– Du moins pour le moment, ajouta Stanislas, sans que Léonard prenne la peine de relever.

– Ensuite, je remarque que tu as au moins conscience d'agir à l'encontre de la loi. En tant que membre du comité d'éthique, je tiens à te rappeler le dispositif (et Léonard récita :) ... comme l'indique la loi du 14 juillet 2006 en son article L. 145-18-15-2, le fait de détourner de leurs finalités médicales des recherches scientifiques dans le but de modifier le code génétique de cellules embryonnaires ou germinales humaines constitue un crime contre l'espèce humaine, puni de vingt ans d'emprisonnement et d'une amende d'un million d'euros.

– Quel vieux réac tu fais, Léo ! Sérieusement, toute la communauté sait que nous allons vers de plus en plus de recodage, que tu le veuilles ou non et cela en dépit de tes comités d'éthique, mon cher ! On a dépassé le stade de la thérapie somatique. Greffer les cellules dans des corps déjà formés ne permet pas de lutter efficacement contre certaines maladies où il faudrait intervenir dès la formation de l'embryon ! Et on y arrivera bientôt. Et regarde ! Il ne se passe pas une année sans qu'un décret étende la liste des affections sans gravité classées comme maladies génétiques, la tendance à l'obésité, les dents de travers, l'acné et je ne sais quoi encore ! » Léonard reprit son souffle avant d'enchaîner. « Ta fille est atteinte d' x-fragile ! Comme moi ! C'est une affection classée depuis longtemps, mais qui ne se guérit qu'une fois le corps formé ou déformé, devrais-je dire. Regarde ! Regarde-moi ! Je présente, comme tu l'auras sans doute remarqué, des symptômes physiques. Mais si je ne suis pas débile profond ni même léger, si je ne suis pas atteint de déficience mentale, je représente néanmoins une infime exception. Les cas comme le mien se comptent sur les doigts d'une main. Bon, certes, j'ai quelques troubles nerveux, mais heureusement sans incidence », termina-t-il, en baissant la voix sur ce dernier point. Léonard ne put les éviter. Il gardait les yeux fixés sur une des gigantesques oreilles décollées de son beau-frère. Stanislas s'en aperçut et sourit. Léonard, gêné, argumenta.

« C'est une fille. Normalement elle ne devrait pas être atteinte, du moins pour ces... » Mais il n'acheva pas, coupé par son collègue qui ajouta, implacable :

« Il faut que tu l'acceptes, Léo ! le raisonna Stanislas. La vie n'est pas une science exacte. C'est pour cette raison que nous tentons de lui donner un petit coup de pouce de temps à autre. Si les symptômes sont difficiles à déceler sur le fœtus, je peux t'assurer pour avoir fait une simulation avec son code génétique, qu'elle a soixante pour cent de chances de présenter un retard mental... C'est une mutation complète, Léonard, et non pas une prémutation, comme pour Fleur... Elle n'est pas simple transmetteur, elle ne se contente pas de porter la maladie, mon vieux, ta fille l'a ! Sans te parler de certaines anomalies physiques qu'elle pourrait... Enfin bon... À mon avis, dans moins de dix ans, la thérapie germinale sera légale et pratiquée dans le monde entier. Il faut juste attendre que des expériences s'avèrent concluantes et sans effets secondaires, et avec mon avance, je peux te certifier que c'est déjà le cas !

– Je ne sais pas ce que tu expérimentes, mais je n'admettrai pas qu'on fasse ce type de manipulations en toute illégalité.

– Maintenant, écoute-moi, Léonard Jansen ! Ça fait dix ans que je prépare le code génétique de ces merveilleux enfants. J'ai sélectionné presque un à un les gènes qui les composent, en piochant dans une banque constituée depuis quelques années que j'enrichis jour après jour. Ton enfant pourrait être soigné grâce au même procédé. Pour être sûr de ne pas créer d'effets secondaires en perturbant le code, je ne remplace pas qu'un seul gène comme c'est le cas actuellement. J'en modifie plusieurs à la fois, des gènes liés entre eux, interactifs, et qui génèrent des protéines nécessaires à des processus bien déterminés. J'ai déjà identifié les principaux schémas de fonctionnement, les triplés gènes/protéines/effets, et j'ai tout vérifié et revérifié plusieurs fois. Pour ton enfant, je pourrais remplacer un certain nombre de séquences de son code ADN et le guérir. Et je ne le fais pas que pour toi, Stan. Il s'agit aussi de ma nièce, de la fille de ma sœur !

– Tu n'en as rien à foutre de ta nièce ou de ta sœur, s'emporta Léonard, ta seule préoccupation, je la connais ! C'est prendre ta revanche sur Dieu en modifiant le vivant pour être un jour capable de compenser ta faiblesse congénitale !

– Tu es injuste, mon ami, même ingrat. Je viens de prendre le risque de te révéler mes recherches, à toi, un membre du comité d'éthique, le provoqua Stanislas en levant un index railleur.

– Jamais je n'accepterai que tu procèdes à tes expériences monstrueuses sur mes propres enfants, déclara Léonard toujours aussi ferme. Je te laisse une semaine pour débarrasser le plancher et accoster sur un autre continent pour retrouver tes véritables pairs, si tu vois de qui je veux parler. Après je ne réponds plus de rien.

– Tu vas me dénoncer ?

– …

– Je suis presque ton frère, Léonard, tu n'oublies pas ? déclama Stanislas mélodramatique, et il marqua une pause solennelle avant de prendre une voix fluette de collégien inquiet. Tu vas me dénoncer Léonard ?

– Il faut que je parte. » Et Léonard se tourna vers sa femme, ne faisant plus cas de son collègue. « Je passe te chercher dans trois heures, ma chérie et nous en rediscuterons. Encore une fois, ne t'inquiète pas. Elle sera en très bonne santé et d'ici à quelques années, nous aurons certainement trouvé un traitement efficace si elle développait des symptômes.

– Bien sûr, tout se passera bien… Mais il vaudrait mieux s'y prendre avant, Léonard, sinon tu connais les risques de… essaya Fleur pour…

– Tais-toi ! Plus question d'en parler ! » cria-t-il intraitable, et il se radoucit. Fleur, qui jouait nerveusement avec l'une de ses mèches, en multipliant les spirales autour de son doigt, s'immobilisa. Léonard caressa sa joue et la tira à lui par la ceinture pour lui baiser le front. « À tout à l'heure ! »

Léonard était repassé de l'autre côté du placard. Ils restaient seuls, entre frère et sœur.

« Ton mari est irrattrapable. Je suis désolé, ma pauvre petite ! »

Fleur s'était statufiée, rigide et muette, depuis que son mari lui avait ordonné de se taire. Lentement, elle se mit à émettre des sons, puis des sons articulés, des paroles, presque malgré elle. Elle semblait hésitante, tiraillée, sa respiration était haletante.

« Écoute, écoute ! Stan, écoute... », marmonnait Fleur, et elle parvint enfin à prononcer son nom en entier, qu'elle libéra d'un cri.

« Stanislas ?

– Fleur ?

– Arrête de faire le pitre, Stanislas, je ne joue pas ! » lâcha-t-elle sèchement. Après un instant, et de nouveau concentrée, elle se lança.

« Je veux que tu la soignes, Stan ! » et elle baissa les yeux vers son ventre. Stanislas, hébété, s'assit et se releva de son tabouret. Puis il lâcha comme pour parodier son mari :

« Je te rappelle que ce procédé est strictement interdit. » Mais il stoppa net cette imitation qui ne l'amusait plus. Il poursuivit d'une voix lasse : « Si ton mari l'apprenait, il piquerait une de ses fureurs dont il a le secret. Ce dont je me contrefous, il est vrai... En revanche, s'il l'apprend, il risque de m'égorger, et ça, ça me gêne ! Déjà que je devrais être en train de préparer mes valises. Mais sur ce point, je compte sur toi pour le convaincre de me laisser œuvrer en paix.

– Stan, il faut que tu soignes mon enfant. Léonard n'en saura rien.

– Ma petite Fleur, je connais cette petite voix douce et déterminée, mais là ni papa ni maman ne vont céder à tes caprices.

– Écoute, Stan, j'aimerais compter sur mon frère quand mon mari fait la sourde oreille.

– De toute manière, il faut extraire l'embryon de ton ventre pour le traiter, opposa Stanislas. Je crois que nous aurons quelques difficultés à le cacher à Léonard. À part bien sûr, si tu gonfles progressivement tous les matins un ballon, que tu le places sur ton ventre pendant une durée de neuf mois en le dissimulant avec un tee-shirt, en prétextant des migraines continuelles pour que ton mari ne te touche pas. Remarque, tu peux aussi faire chambre à part ou mieux encore, le quitter ! C'est un con de toute façon !

– Non Stan, tu vas le soigner dans mon ventre », déclara-t-elle calmement, comme s'il s'agissait d'une décision qu'elle avait mûrement réfléchie. Léonard sursauta.

« Tu es folle ! Tu risques d'être contaminée par l'adénovirus et de contracter un cancer, un deuxième sexe ou de te transformer en alien, ma pauvre petite.

– Je sais. Et j'en prends le risque. Je veux que cette enfant vive avec toutes les chances de son côté.

– Écoute, si tu n'étais pas ma petite sœur, ce serait une expérience des plus intéressantes, traiter un enfant in vivo, mais là je ne peux pas accepter, tu te rends bien compte que...

– Tu as besoin de moi, le coupa-t-elle, si tu ne veux pas être expulsé au fin fond de la brousse ou te retrouver à la rue, qui plus est, maintenant avec deux gosses sur les bras, alors je te supplie de soigner *mon* enfant. »

Stanislas encaissa la menace. Sa sœur enfonçait son regard bleu dans le sien pour le plier à sa volonté. Il put y lire toute la force de sa détermination, et il finit par détourner les yeux en levant les épaules.

« Si tu le prends sur ce ton, chère sœurette, c'est à tes risques et périls, je m'en lave les mains. Mais je te préviens que tu risques non seulement de détraquer ton corps mais aussi de perdre la vie. »

27 ans plus tard

3

Le tournoi

« Ce n'est pas le hasard d'une bataille qui décide qu'on est vainqueur ou battu, mais une obscure prédestination. »

Hubert Aquin,
L'Invention de la mort

Compétition inter-agents ODIN, 7 janvier 2041

Borja esquiva les flèches d'un déhanchement gracieux qui n'appartenait qu'à lui. Son ventre se creusait et pivotait d'un demi-tour, un coup de bassin vers la droite, un coup vers la gauche, alors que son visage demeurait face à son adversaire pour l'observer et préparer sa contre-attaque... Ou peut-être le narguer de son sourire inaltérable. Il récupéra dans chacune de ses mains deux baguettes métalliques enfouies dans les jambières de son armure et tout en continuant son mouvement de balancier, il les projeta, d'un lancer droit, d'un lancer gauche, sur son adversaire qui tirait rageusement ses derniers projectiles. La première baguette brisa une phalange de la main qui tenait l'arbalète, alors que la seconde s'était plantée en plein milieu du cœur en plastique. La machine se mit à biper pour indiquer l'élimination de son propriétaire. Borja était encore une fois finaliste et ça n'étonnait plus personne.

Parmi les spectateurs, l'un d'entre eux, au lieu de manifester son admiration par des moues d'incrédulité ou d'autres mimiques, réfléchissait au moyen de percer les failles de ce guerrier qui s'adaptait avec une aisance surnaturelle à tout type de combat et de combattant. Théo était le second finaliste.

Entré depuis quelques mois chez les Aigles – les Aigles, à cause de l'animal qui servait d'emblème au service de l'Organisation de Défense des Intérêts Nationaux ou plus communément l'ODIN –, ce jeune surdoué s'était juré de vaincre Borja lors de ce tournoi. Jusqu'à présent, il avait connu le même sort que ses malheureux collègues. Mais il ne désespérait pas, et tous, secrètement, comptaient sur Théo pour qu'il fasse mordre la poussière à cet invincible démon. Non pas en raison de ressentiments personnels, ou d'humiliations quelconques... Le mal était plus profond, plus enfoui et plus cuisant... Théo devait le battre pour prendre une revanche d'une autre nature, d'un enjeu autrement considérable ! La revanche de l'homme sur le surhomme ! En effet, Borja était eugénique. Ainsi que sa sœur, Lili, autre agent de l'ODIN... Ces deux-là étaient les seuls eugéniques de cet âge. Les nouvelles générations avaient à peine dix ans ; leurs codes génétiques avaient été retraités dans le cadre du programme Eugenos. Borja et Lili, quant à eux, étaient les premiers prototypes. Des prototypes créés bien avant... Et des plus réussis. Et ils auguraient une ère inédite.

Les agents ODIN appréhendaient l'arrivée de cette forme d'humanité nouvelle qui aurait vocation à les diriger, avant de les remplacer en totalité, eux, les humains non traités, les humains trop humains. Borja leur livrait aujourd'hui encore, un terrible constat de leur infériorité... Eux qui s'étaient soumis avec succès au recrutement le plus exigeant... Eux qui cultivaient l'esprit d'élitisme au sein d'un corps de combattants de choc, considérés comme les meilleurs parmi les meilleurs... Et eux qui produisaient des résultats si médiocres en comparaison. Aussi, soutenaient-ils tous Théo, Théo, qui, bien qu'il ait hérité de dons époustouflants, n'était qu'un homme, un homme comme chacun d'entre eux... Borja, quant à lui, leur inspirait, outre le respect et la haine, une sorte d'effroi. Son adresse dépassait le cadre limité de l'humain et de l'acceptable.

« Bon dieu d'eugénique ! s'exclama le compagnon à la droite de Théo en remuant la tête incrédule, à quoi bon lutter ? Je préfère encore charger un char d'assaut à mains nues !

– Décidément, chaque fois que je le vois nous mettre la pâtée, j'en chope des troubles de l'érection, ajouta un deuxième. Je vais perdre ma femme avec ses conneries. Ce type me la transforme en spaghetti trop cuite !

– Contrairement à sa sœur ! reprit un autre agent, avec un rire grossier, et Lili, qui était assise une rangée devant, et habituée à ces réflexions douteuses, se retourna faussement offensée pour le menacer d'égorgement, en mimant avec son index, la lame qui caresse le cou.

– Écoute, chérie, va tenir ce discours à tes copines qui pleurnichent à côté ? » lui décocha Théo, faisant référence aux estropiés du tournoi qui étaient soignés dans la salle adjacente. Théo avait jeté un regard rapide à Lili, dont il pouvait admirer le profil de sa place, pour vérifier qu'elle profitait de ses commentaires. Un sourire en coin de la belle féline vint le lui confirmer. Il n'oubliait pas qu'elle était aux premières loges du spectacle.

« T'es un vrai *man* toi ! se moqua son voisin d'une voix rauque volontairement accentuée. Bon, arrête de faire le malin et va te faire enfiler, c'est ton tour, caïd ! Au fait tu pourrais peut-être m'écrire l'adresse de ta mère pendant que je vais chercher une petite cuillère et une boîte de biscuits. Ça fera un bon cercueil pour t'expédier en bouillie, non ? Ne me remercie pas, j'adore rendre service !

– Allez, au suivant ! » lança Borja à ce moment-là, et il composa des pas de danse, sautillant d'un pied sur l'autre, loin d'être essoufflé par les nombreux combats qu'il avait déjà dans les jambes.

Théo choisit une armure d'apparat, légère et élégante, privilégiant l'aisance des mouvements à la dureté de la carapace. Celle-ci épousait parfaitement les formes du corps et offrait toute la souplesse nécessaire au combat rapproché, bien qu'elle ait été prévue au départ pour des défilés militaires. Elle avait été dessinée par le modéliste de luxe Gabucci, une commande spéciale. Parmi les armes encore disponibles, il se décida pour le bâton extensible. Il était certain que toute arme de jet manquerait inévitablement sa cible... L'unique moyen de venir à bout de Borja était, pensait-il, le corps à corps. Il plaqua le cœur en plastique sur son armure et se présenta sur le périmètre de combat.

« Hey Théo, ça ne m'étonne pas ! Je suis content de te voir arriver aussi loin, mon petit ! le félicita Borja avec condescendance.

– Je remercie sa Grâce de m'accorder tant d'estime, et j'espère que je ne la décevrai pas ! » répondit Théo sans animosité, se rappelant la réplique d'un vieux film de cape et d'épée, visionné la veille, et il le salua d'une courbette en balayant le sol d'un long mouvement du bras.

Borja lui rendit la politesse et ils se mirent en garde.

Borja combattait à mains nues... Il conservait sans doute d'autres baguettes dans des poches secrètes de son armure, mais, apparemment, il ne voyait pas la nécessité de s'en servir pour le moment. Théo tentait d'estimer la rapidité de son adversaire. Il donnait l'illusion de porter des coups de bâton, initialisant le geste et se rétractant aussitôt. Mais Borja ne réagissait même pas... Comme s'il lisait à livre ouvert dans son esprit...

Théo décida de porter une attaque réelle. D'un arc de cercle, il donna de l'élan à son arme avant d'enchaîner des coups qui sifflèrent aux oreilles de l'eugénique sans le toucher. En haut... en bas... à mi-hauteur... pas une région n'était épargnée, et à chaque passage du bâton, Borja disparaissait... Il baissait la tête... il bondissait... se laissait tomber en arrière avant de rebondir comme un ressort d'une poussée des bras... et il se dressait de nouveau avant de taper des mains tout en entamant de nouveaux pas de danse.

Théo, un peu essoufflé après cette première série inefficace, décida de changer de tactique. *Il anticipe toutes les attaques...Très bien ! Changeons de stratégie ! Je vais attendre mon tour et on verra s'il est aussi doué pour l'initiative !* Comme Théo conservait sa position, Borja sourit pour lui indiquer qu'il comprenait le message. *C'est mon tour ?* semblait lui demander son œil moqueur... *C'est ça ?* exprimait son œil narquois.

Borja se lança dans des prises de *capoiera*. Accroupi, dos à son adversaire, il jeta sa jambe en arrière. Théo l'évita. Il avait pris son envol tel l'aigle de l'ODIN, et piquait tête la première son bâton entre les mains prêt à le passer au cou de Borja collé au sol, et l'étrangler. Borja, dos à l'oiseau de proie, se retourna subitement en s'allongeant sur le ventre, et le reçut d'un coup de coude dans la figure, avant d'abattre son autre paume dans la mâchoire de Théo. Théo, sonné, avait lâché son arme et tentait de s'éloigner en rampant. Il sentit les jambes de Borja qui le prenaient en tenailles, le ramenaient pour une meilleure prise, et Théo essayait de résister à ce ciseau d'une force inouïe qui comprimait et tordait son corps. Théo, à la troisième convulsion, lui fit lâcher prise en mordant dans la jambe de l'homme-serpent ce qui lui permit de réajuster sa mâchoire décrochée. *Lili me regarde, je dois trouver des parades un peu plus dignes !* eut-il le temps de se dire avant de se relever. Le corps à corps ne semblait pas constituer le point le plus faible de son adversaire. En avait-il seulement, des points faibles ? Ils étaient debout à présent. Borja se lança dans une série de coups de pied... Théo évitait... encaissait... se recroquevillait... Il aperçut son bâton perdu durant la dernière attaque, reposé derrière son adversaire. Il tendit le bras vers le manche magnétique, et enclencha l'aimant caché dans son gant. La tige de métal faucha Borja au passage avant de se retrouver dans les mains de Théo qui à présent enchaînait des moulinets, alors que l'eugénique, à terre, se démenait comme un diable pour éviter les coups. Certains l'atteignaient... Ils commençaient à entamer ses protections. Borja, touché à la jambe, dut se résoudre à sortir des baguettes pour les lancer tant bien que mal sur Théo qui avait pris l'avantage. Il ne réussit pas à l'atteindre, mais cela eut du moins le mérite de repousser l'agresseur, le temps qu'il se relève.

Borja décida d'en finir, et, de gestes rapides du

poignet, il projeta ses munitions, les unes après les autres sur Théo. Qui savait qu'il n'avait pas le choix ! *C'est maintenant ou jamais !* Le seul moment où Borja serait exposé... Il essuya le tir en s'efforçant de ne pas recevoir les projectiles sur son cœur en plastique. Il utilisait son bâton pour les faire ricocher, et alors que la douleur devenait intolérable, il orienta d'un coup le bout de son arme vers la poitrine de Borja et lâcha l'extension. Borja, aveuglé par ses propres mouvements, ne put parer la canne qui vint pourfendre son cœur artificiel. *Bip ! Bip ! Bip !* Borja accusa le coup, dépité... Silence complet dans la salle... On avait rarement vu Borja dans cet état... L'incroyable s'était donc produit... Puis soudain, tous les agents hurlèrent de joie en se précipitant sur un Théo couvert de contusions pour lui taper dans le dos, le féliciter, le faire ployer sous les embrassades et les compliments. D'une certaine manière, Théo venait de les réhabiliter... À leurs propres yeux... Il leur avait restitué leur amour-propre. Lili, la sœur de Borja, après le temps de la stupeur, se mit à applaudir à tout rompre et lança un regard ironique à son frère, encore sous le choc. Elle alla embrasser Théo qui s'empressa d'accepter la récompense, la fixant avec des yeux de braise, encore en sueur, avant de lui offrir un sourire un peu niais qui fit rire ses compagnons. Elle en redemanda, et il n'était que trop heureux de récidiver.

Borja, enfin revenu de sa surprise, retrouva le sourire. Il acceptait la défaite, beau joueur et vint féliciter à son tour le vainqueur du tournoi.

4

L'anniversaire d'Eugenos

« Oui, c'est un mal de mourir, car, si ce n'eût pas été malheur, les dieux seraient morts eux-mêmes. »

Sapho

« La trompette sonnera, et les morts ressusciteront incorruptibles, et nous, nous serons changés. Car il faut que ce corps corruptible revête l'incorruptibilité, et que ce corps mortel revête l'immortalité. Lorsque ce corps corruptible aura revêtu l'incorruptibilité, et que ce corps mortel aura revêtu l'immortalité, alors s'accomplira la parole qui est écrite : La mort a été engloutie dans la victoire. »

Paul, *Bible, 1 Cor 15 :51-54*

Conférence de presse, 8 janvier 2041

Anniversaire du lancement du programme Eugenos,
Ouverture par le Ministre de la Santé, M.Lorentz,
Bilan présenté par le Docteur Stanislas de Coligny.

Les invités arrivaient en désordre dans la salle de conférences. Encombrés par leur attirail, les journalistes conviés pour l'occasion ralentissaient le flux. Après plusieurs minutes, le vacarme s'était peu à peu transformé en rumeur, puis le silence s'empara de la pièce. Tous étaient impatients de connaître la nouvelle mystérieuse qui devait être annoncée le jour de l'anniversaire du projet Eugenos.

En coulisses, M. Lorentz, le ministre de la Santé, discutait avec l'homme qui lui avait permis de mettre en place le programme Eugenos, Stanislas de Coligny. Le ministre semblait nerveux.

« Avez-vous réussi à convaincre Léonard ?

– Non Monsieur le Ministre, il refuse catégoriquement de nous rejoindre ! » répondit amusé le vieillard, sans manifester d'étonnement.

« Monsieur le Ministre, ils vous attendent, il faut faire l'ouverture ! » lui enjoignit un des organisateurs de la manifestation.

M. Lorentz traversa la scène jusqu'à la tribune alors que le public saluait son arrivée. Il s'était habitué à être l'objet d'un culte. Il incarnait un immense espoir. Les foules lui étaient reconnaissantes d'ouvrir la voie d'un changement de l'humanité. Il appelait ça l'effet « Sauveur » et il éclatait de rire. Elles ne pensaient pas si bien dire... Surtout après ce qu'il révélerait aujourd'hui... Il prit la parole :

« Mesdames, Messieurs, lorsque notre gouvernement est arrivé aux commandes, il y a maintenant dix ans de cela, le Président m'a fait confiance pour lancer le programme Eugenos. Je suis heureux et fier de vous annoncer que c'est un immense succès. Il touche pour le moment quinze pour cent des enfants de la tranche des moins de dix ans et nous comptons l'étendre progressivement à l'ensemble de la population... Les résultats de ces premières promotions le confirment. Les enfants traités disposent d'atouts considérables sur leurs petits camarades. Ils excellent dans toutes les activités physiques et intellectuelles, raflent l'ensemble des prix tous concours confondus, loin devant les autres... En moyenne, d'après nos évaluations, ils gagneraient au minimum trois à quatre années sur une scolarité classique et cette avance permettrait de réaliser des économies substantielles sur le budget de l'éducation nationale... Je tiens à remercier tout particulièrement Stanislas de Coligny, ici présent, oui approchez-vous Stanislas... vous pouvez l'applaudir... tout le monde reconnaît le génial inventeur de l'optimisation génique. »

Une salve d'applaudissement accueillit Stanislas le temps qu'il s'installe aux côtés du ministre. Celui-ci, l'air grave, se tut quelques secondes pour préparer l'auditoire.

« Mes chers amis, je profite de cette occasion pour vous annoncer une découverte encore plus sensationnelle qui tracera une frontière, posera un jalon déterminant dans l'histoire de la civilisation. »

Les invités retinrent leur souffle. Stanislas observait la centaine de visages qui lui faisaient face, curieux de connaître leur réaction.

« Nous vivons une époque fascinante, cher Stanislas, grâce à des hommes comme vous ! Voilà quatre cents ans que l'on s'agite sans bien comprendre pourquoi, entraînés par une machine infernale, ce progrès qui nous faisait peur. La perte du sens, le mal profond de ces derniers siècles est sur le point d'être éradiqué. Oui, Mesdames, Messieurs, nous avons enfin passé le cap, au prix de souffrances de plusieurs générations, mais ça y est, nous y sommes ! Je demande toute votre attention, mes amis... Voilà... Bon ! »

Le brouhaha s'était de nouveau amplifié... *Chh ! Chh !* Il s'arrêta presque aussitôt. Le ministre reprit :

« Bon ! Eh bien je peux déjà vous dire qu'il faudra caler le nouveau calendrier sur cette année. Nous sommes en l'an zéro, mes amis, si l'on considère que le temps a encore de l'importance. Jésus-Christ nous promettait la vie éternelle... Dans l'autre monde... Eh bien NON ! Ce n'était pas assez ! Il fallait qu'il fasse mieux ! Il ne sera donc plus notre référent puisque nous les hommes, je dirais même les nouveaux hommes, nous avons décidé de prendre notre destin en main... Stanislas, vous êtes entré dans l'histoire en offrant aux nouvelles générations une chance de disposer de qualités physiques et intellectuelles exceptionnelles pour vivre la vie la plus pleine, la plus riche, et la plus intense... Aujourd'hui c'est avec la plus vive émotion, que je vous annonce que votre plus vieil ami et confrère, et je m'adresse aussi à vous Mesdames, Messieurs, je vous annonce que le docteur Léonard Jansen qui n'a pas pu nous rejoindre, et qui travaille depuis trente années sur les maladies de dégénérescence cellulaire, vient de trouver le moyen d'empêcher le raccourcissement des télomères. Les télomères, vous savez, ce sont ces terminaisons des brins d'ADN qui, à chaque nouvelle division de la cellule, rétrécissent un petit peu plus, jusqu'à empêcher cette division cellulaire nécessaire au remplacement des cellules fatiguées. Ce rétrécissement est la cause du vieillissement. Grâce à la méthode du docteur Jansen, les cellules pourront se reproduire indéfiniment ; les encogènes bloqueront l'apoptose, le mécanisme qui programme normalement leur mort ; et cela sans pour autant provoquer ce terrible effet secondaire que nous connaissons tous, le cancer. »

Le ministre Lorentz reprit son souffle, alors que l'auditoire ne comprenait pas encore, et conclut en apothéose :

« Oui Mesdames, Messieurs, je parle bien de l'issue de cette quête qui n'a eu de cesse depuis les origines de l'humanité. Aujourd'hui, après dix mille ans de civilisation, nous sommes au bout du Grand Œuvre... Nos alchimistes ont trouvé la formule de l'élixir de longue vie... Mesdames, Messieurs, l'humanité détient enfin le secret de l'Immortalité et cet événement, inespéré si j'ose dire, va profondément bouleverser notre société. »

L'incrédulité se lisait sur tous les visages.

« Évidemment, des expériences sur l'être humain doivent être menées sur plusieurs années pour s'assurer que le traitement est sans danger. Mais les premiers résultats sur des rongeurs et des chimpanzés sont époustouflants. Voici Gustave, ce rat, d'une espérance de vie normale de trois ans, a passé le cap des douze années ! Il a donc quatre fois son âge, et il reste en pleine forme... Inutile de vous dire que nous ne subirons pas le sort de ce malheureux héros du mythe dont le nom m'échappe, cet immortel décrépissant sans fin, car nos cellules seront continuellement régénérées. Mieux ! Non seulement nous retrouverons notre vigueur et notre jeunesse, mais nous nous améliorerons avec le temps ! L'optimisation génique post-natale du professeur Stanislas, irréalisable car elle nécessitait l'échelle d'une vie, devient possible. On remplacera les organes déficients et ceux qui ne nous satisfont pas, en régénérant de nouvelles cellules retraitées. Nous rajeunirons en devenant de plus en plus parfaits ! Que rêver de plus incroyable ? Qu'espérer de mieux ? Il faudrait être fou pour demander plus ! Je vous annonce donc chers amis, que la mort est sur le point d'être vaincue et nous serons sans doute les premiers immortels. »

Les invités s'étaient tous levés pour lui faire un triomphe. *Mort à la mort ! Mort à la mort !* proclamait-on de toute part, *Vive Le ministre ! Vive Stanislas ! Vive Léonard !* Le ministre spécialement satisfait de sa référence au Christ pouvait se vanter d'avoir totalement réussi son effet *Sauveur*. Les hurlements de joie et les applaudissements rappelaient les concerts mythiques d'idoles du passé. Certains montaient sur les chaises, d'autres bondissaient tant et plus, les femmes proches de la cinquantaine pleuraient, folles d'espérance. Le triomphe du surhomme était total et assourdissant, et les organisateurs ne contrôlaient plus la situation. La salle fut évacuée sans que Stanislas puisse présenter les premiers résultats officiels du programme Eugenos. Ils s'en étaient très bien tirés.

5

Une étrange disparition

« Le fascisme, ce n'est pas d'empêcher de dire, c'est d'obliger à dire. »

Roland Barthes,
Discours au Collège de France

Appartement de Théo, 8 janvier 2041

Théo, affalé dans son canapé, absorbé par sa lecture, parcourait son livre électronique eInk où s'affichait la revue de presse pré-censurée de la semaine, réservée aux agents ODIN. Il pouvait récolter les derniers indices sur les criminels, les ennemis du pouvoir, et les désinformateurs. L'état d'esprit général des journalistes et de la société s'y reflétait.

Le Monde, article du 7 janvier 2041

Le Zoo devrait disparaître d'ici quelques années

Thème de l'article proposé à l'initiative du Ministère de l'Information, censuré en partie, à publier

Le Zoo, qui s'est substitué depuis une dizaine d'années à l'Association AIDE, est menacé de disparition. Apparemment, on signale de plus en plus de brèches sur les enceintes et le système de caméra-surveillance s'avère inefficace. Il s'ensuit un trafic intense entre les habitants du Zoo et les mafias extérieures. De plus, et même s'ils doivent rentrer au bercail le plus vite possible pour ne pas être localisés et supprimés par la police, un certain nombre de zards, de mutants, ou de tueurs, osent passer la muraille au péril de leur vie, et s'en vont terroriser les occupants des villes avoisinantes. « *Le problème du Zoo,* a annoncé le ministre de la Défense et de l'Économie, *est extrêmement préoccupant. Ses gains en tant que parc d'attraction ne compensent pas le dommage moral et la dépréciation immobilière occasionnée aux communes les plus proches, et ne justifient pas les risques encourus par la population.* » De plus, le ministre estime que les occupants du Zoo, les zoonards, sont tous des cas désespérés, et appelle à un grand geste d'humanité, tout en restant évasif sur ce qu'il entend par là. En clair, il souhaiterait la suppression du Zoo ~~et peut-être aussi de ses habitants !~~

Théo relut la dernière phrase barrée et passa à l'article suivant.

L'Anarchiste libéré, article du 8 janvier 2041

Le Zoo, nouveau centre de détention des opposants au pouvoir

Journal censuré par le Comité des Journaux de la République et interdit à la vente.

Confiscation de 15 000 exemplaires sur les 20 000 estimés.

Auteur de l'article retrouvé : interné au Zoo.

La démocratie sombre, nous allons vers un régime dictatorial de plus en plus manifeste !

Les internements au Zoo se multiplient. Après avoir accueilli les dégénérés qui avaient rejoint les habitants originels *(les mutants)*, les banlieusards irrécupérables exclus du système scolaire et de la société en générale *(les zards)*, puis les prisonniers des crimes les plus effroyables *(les tueurs)*, les opposants au pouvoir semblent les nouveaux destinataires de cet ancien centre d'aide aux handicapés transformé en camp prison et en centre de divertissements pour la communauté. On peut s'inquiéter de cette extension de la répression qui tend à...

Théo entendit le déclic de la porte d'entrée. Loanne, sa tante, venait de rentrer de cours. Elle se traîna jusqu'au premier fauteuil et s'y laissa tomber.

Dans cette perspective et si cette dérive se confirme, on peut s'attendre à ce que les prochains soient les journalistes qui auront...

« Décidément, cette année va être un long calvaire ! » Théo interrompit sa lecture. Sa tante avait besoin de vider son sac.

« Tes eugéniques te donnent du fil à retordre ? » l'interrogea-t-il distrait, tout en continuant à parcourir le papier électronique.

Nous devons nous unir pour éveiller toutes ces consciences alitées et empêcher les tenants actuels du pouvoir de...

Théo pressa sur la reliure pour afficher la page suivante.

« Jamais je n'aurais dû accepter de faire une rentrée avec une promotion de ces petits salopards !

– Pour une fois qu'on t'offre une chance de te remettre en question et de sortir de tes années de sclérose intellectuelle... Tu pourrais être plus reconnaissante !

– Il ne se passe pas une minute sans qu'un de ces petits morveux ne me reprenne pour me corriger ! Pas un mot qui ne soit remis en cause ! Et si tu voyais leur sourire satisfait, un dédain affiché à donner envie de tous les gifler ! C'est du harcèlement moral ! T'as envie d'en prendre un pour frapper sur les autres, je te jure, j'en rêve la nuit ! AAAHHHH ! acheva-t-elle les mains plaquées sur le visage pour masquer sa fureur.

– Tu vas finir au Zoo, si tu continues comme ça !

– Justement, j'organise une visite là-bas dans trois jours.

– Encore ?

– Ça fait partie de leur formation !

– Enfin, si ça peut te soulager, je sais à peu près ce que tu ressens. Le mien, continua Théo, en faisant référence à Borja, semble moins méprisant, mais je suis sûr qu'il n'en pense pas moins.

– Ah oui, au fait ! J'ai oublié de te demander ! Alors, tu es arrivé en finale ? Il t'a battu ? interrogea-t-elle anxieuse.

– Non, je l'ai réduit en miettes ! répondit-il très simplement.

– C'est vrai ! exulta Loanne, viens là que je

t'embrasse ! T'as foutu une leçon à une de ces saletés d'eugéniques !

– Il a reconnu sa défaite d'ailleurs, mais il m'a tout de même précisé qu'il était bien en dessous de son niveau d'alarme, puisqu'il s'attendait à me mettre une raclée sans trop d'efforts. Je l'aurais agréablement surpris, je cite. C'est ce qu'il a osé me dire !

– Laisse-le dire, ce fat ! Bon ! Je crève de faim... Je vais voir quels plats mijotent dans le four commun de l'étage et je nous rapporte deux portions pour fêter ça ! T'as une préférence ?

– Du hachis, s'il y en a ! Ça me rappellera Borja après notre combat ! » répondit Théo et il reprit sa lecture. Le voyant de sa tablette clignotait. Il avait reçu un nouvel article du centre de censure.

L'Hebdo politique, article du 11 janvier 2041

Disparition mystérieuse de Léonard Jansen, l'inventeur de l'élixir d'immortalité.

Note de service : mission en préparation, tenez-vous prêts ! identification du lieu de fuite en cours.

Au lieu de se rendre à la conférence de presse qui marquait le dixième anniversaire du programme Eugenos pour l'annonce de sa fabuleuse découverte, le secret de l'immortalité, Léonard Jansen, l'inventeur génial, se serait évaporé dans la nature au cours de la matinée. Injoignable, tout laisserait à penser que sa fuite a été organisée par un groupe de dissidents. D'autres rumeurs parlent d'un enlèvement par un réseau terroriste. D'après les positions éthiques du docteur Jansen qui lutte depuis une dizaine d'années contre la politique eugénique du gouvernement, il semblerait plutôt qu'il ait décidé lui-même de disparaître ~~afin de préserver son invention de mains mal intentionnées~~ [Censure du comité et remplacement par] pour soustraire son travail appartenant de droit à l'État au nom d'une idéologie périmée et condamnée à présent par la loi. Si cette hypothèse s'avère, son comportement répréhensible serait passible d'une peine d'emprisonnement immédiat et.....

Sa montre se mit à vibrer. L'appel provenait de son eugénique collègue.

« Alors Borja, tu m'appelles pour remettre ça ? le nargua-t-il, sans entamer l'amour-propre de son interlocuteur.

– Écoute, mon petit, il y a plus urgent pour le moment. Je suis envoyé en mission pour récupérer Léonard. Tu l'as peut-être lu dans le dernier...

– Justement, je... et Borja l'interrompit à son tour :

– Je t'ai désigné pour me seconder. Je suis en bas de chez toi dans la BXM rouge. T'as dix secondes, après je fais un rapport de défection à ton sujet.

– Attends je dois prévenir...

– Huit, sept, six, cinq... »

L'instant suivant, Loanne, deux assiettes fumantes en mains, découvrit une pièce vide où la fenêtre était grande ouverte. *Il est fou ! Il y a un vent à dévaster toute la maison !* En jetant un œil dehors, elle aperçut Théo à moitié nu, dévaler voire dégringoler la façade se retenant à peine au mur à l'aide de ventouses magnétiques, avant d'atterrir brutalement dans un aéro qui démarra en trombe.

6
La capture

« Un chef n'est pas obligé de dire tout ce qu'il va faire. Mais il est tenu de faire tout ce qu'il a promis. »

Massa Makan Diabaté,
Une hyène à jeun

« Je hais mon chef ! »

Collectif d'anonymes

Paris, 8 janvier 2041

« D'après le détecteur, ils se seraient réfugiés dans cet immeuble. Sans doute au huitième étage. » Borja venait de quitter l'aéroglisseur et Théo tentait de suivre son coéquipier et ses propos.

« Tu parles bien d'Élena ? Tu ne plaisantes pas ? Mais comment as-tu pu lui poser un émetteur sous la peau ?

– C'est le type d'émetteur qui se fiche dans une dent. Ensuite je n'ai eu qu'à mordre dans son sein pour l'incruster... Son sein droit... Si tu veux tout savoir...

– Épargne-moi les détails ! Je voulais dire, comment as-tu pu, as-tu pu (Théo cherchait un autre mot mais il n'en trouvait pas), comment as-tu pu la trahir de la sorte ? »

Borja avait dépassé le portail de la résidence décrépite, vestige de l'architecture de la fin du XIXe siècle. Autrefois immeuble de prestige, la pierre de taille, noircie, n'avait pas été ravalée depuis plus d'une cinquantaine d'années. Il utilisa son passe spécial pour désactiver le verrou de la porte principale, puis se décida à répondre.

« Et alors ? Tu me reproches d'obéir aux ordres ? Tu veux que je te fasse interner chez un psychiatre militaire ? Tu as oublié qui nous sommes ? Quel est le corps que tu viens d'intégrer ? Et ton serment ? » martela Borja.

Théo ne pouvait pas s'opposer à ces affirmations sans remettre en cause le sacerdoce de l'ODIN. Mais il n'en démordait pas.

« Quand je pense que tu as séduit ta propre cousine... Pour lui faire ce coup-là ! Non mais, quel connard ! La fille la plus sublime que j'ai jamais rencontrée... Après ta sœur... Tu ne la mérites vraiment pas !

– D'une part, je ne l'ai pas séduite pour la tromper. Je l'aime vraiment. Deuxièmement, je ne suis pas réellement son cousin. Je ne suis pas le fils biologique de Stanislas, expliqua-t-il, mais plutôt sa création. Et pour finir, quant à la mériter, je pense que je ne suis pas mal non plus..., rétorqua Borja en examinant l'ascenseur en panne.

– Ah oui ? Tiens... J'ai remarqué ça, justement, chez toi... Et chez ta sœur.

– Qu'on est très beaux ! Merci, t'es pas le seul ! et il monta quatre à quatre l'escalier jusqu'au huitième, tandis que Théo continuait à débiter des phrases entrecoupées, en gravissant les marches.

– Non... Que vous cultiviez... une certaine humilité qui vous fait honneur... J'espère que tous les petits eugéniques en préparation... sauront garder votre sens de la modestie... *man*.

– Il s'agit de s'apprécier à sa juste valeur... On n'a pas suivi de cours Modestie et Profil Bas ! On vous laisse la religion démocratique, et votre culte hypocrite de l'égalité... *man* ! ponctua Borja sans énervement, alors qu'il avalait les étages.

– Tu serais pas... un peu...

– Arrête maintenant ! On arrive... T'es encore jeune, petit ! » Borja clôturait le débat. Il venait d'arriver au huitième palier. Sans être essoufflé le moins du monde, il se retourna vers Théo qui peinait derrière, et réfléchit à voix haute.

« Bon, maintenant, il faut que je revérifie ! et il consulta l'appareil ouvert entre ses mains, qui indiquait une par une, les actions nécessaires pour rejoindre l'émetteur. Traverser le couloir..., et il traversa. Appartement sur la droite..., et il tourna la tête à droite. C'est là ! » et il s'arrêta.

Il se retourna pour vérifier que Théo le suivait. Théo marchait dans ses pas. Borja pointa un docte doigt vers le plafond pour faire le point sur la situation et expliquer sa tactique.

« Derrière, il y a une antichambre et après cette antichambre, la salle où doit se trouver Léonard. Ils sont une petite dizaine armée jusqu'aux dents pour le couvrir. Tiens... Le détecteur me signale deux types derrière cette première porte, c'est-à-dire dans l'antichambre. Bon, t'es prêt, *man* ?

– Ouaip ! selon quelle procédure ? S54, T85, c'est quoi ton plan ?

– Mon plan, c'est que tu m'écoutes attentivement.

– Puisqu'on vous a chargé de diriger les opérations, je me plie aux ordres et...

– Tais-toi ! Pas l'temps ! l'arrêta Borja, on va d'abord neutraliser les deux types dans l'antichambre sans faire de bruit. Les autres ne doivent pas nous entendre. La porte entre la chambre et l'antichambre devrait être fermée, d'après le détecteur.

– Facile.

– Non, toi tu attends ! Tu n'agis pas jusqu'à ce que je te fasse signe ! »

Borja continuait à analyser la situation sur son détecteur. *La porte de l'antichambre est fermée et les deux gardes sont couverts derrière le mur... les autres ne peuvent pas les voir et ils ne nous verront pas rentrer non plus.* Il récupéra une fiole dans une poche de son uniforme, et répandit sous la porte un liquide qui s'étendit rapidement jusqu'aux pieds des gardiens, avant de mettre en contact avec la substance, sa main gantée dotée d'un immobilisateur à deux cent mille volts. Il déchargea, et le courant conduit par le liquide les électrifia. Théo couvrit le bruit sourd des corps qui s'écroulaient, en haussant le volume d'une radio portative, et simuler un voisin bruyant. Du vieux rock and roll du siècle dernier assourdissait l'étage. *Seems like a touch ! A touch too much !* Une vieille femme entrouvrit sa porte au bout du couloir et Théo lui fit signe de regagner ses pénates en la menaçant d'un revolver magnétique.

Borja, entre-temps, faisait céder la serrure et ils pénétrèrent dans l'appartement. Ils enjambèrent les corps. Ils étaient à présent devant la seconde porte, celle derrière laquelle se tenait le gros de la troupe et Léonard.

« Baisse la musique maintenant !

– C'est con, j'aimais bien ce morceau. » Théo arrêta de remuer la tête et se plia docilement aux ordres.

Le silence revenu, il lui demanda les suites de l'opération à l'aide des nouveaux codes ésotériques pratiqués à l'ODIN : il joignit les mains, les agita en faisant des signes complexes, jusqu'à ce que Borja lève les yeux au ciel et lui torde les doigts. Théo réprima un hurlement. Borja lui plaqua la main sur la bouche et lui chuchota à l'oreille :

« Tu fonces et je te couvre !

– Tu crois que...

– Oui ! C'est ce qu'il y a de plus simple. Discute pas ! Allez !

– Bon ! » consentit Théo, pas tout à fait convaincu.

Théo dégaina son revolver à photons et prit son élan. Il défonça la porte d'un coup de pied et tira plusieurs fois dans toutes les directions en se précipitant derrière le buffet au centre de la pièce pour s'y réfugier. Il toucha deux des dissidents. Cependant, il n'entendait toujours pas les détonations de Borja qui devait le couvrir, et les hommes se mirent à le canarder à leur tour. Accroupi derrière le meuble, il se retourna pour fusiller Borja du regard et peut-être de son pistolet. Mais Borja avait disparu. Il n'y avait plus personne dans l'antichambre, en dehors des deux corps inanimés... Donc, Théo en déduisit que personne ne l'avait couvert, que personne ne le couvrait, et que vraisemblablement, personne ne le couvrirait. Il reprit son souffle, tira une dizaine de décharges confusément sur l'ennemi en rebroussant chemin jusqu'à la première pièce. Il eut juste le temps de l'atteindre et de la traverser, avant de se rendre compte que la porte d'entrée avait été refermée. Il se fit aussi petit que possible derrière un angle de bibliothèque collé à la première porte en maudissant Borja de tout son cœur.

Plusieurs hommes s'étaient lancés à ses trousses. Ils pénétrèrent dans l'antichambre alors qu'il rechargeait son pistolet en énergie. Tout d'un coup Borja, qui s'était collé au plafond, surgit du ciel en lâchant une grenade, alors qu'il claquait simultanément la porte qui séparait l'antichambre de la pièce où demeuraient Léonard et ses derniers gardiens. Borja portait un masque à gaz. Les trois terroristes coincés s'affalèrent immédiatement ainsi que Théo. Borja lui passa rapidement des sels sous les narines pour qu'il reprenne ses esprits. Théo se leva, souriant, s'approcha de Borja alors que derrière la porte les vociférations fusaient, et tenta de lui assener un coup de poing dans la mâchoire. Il le manqua en trébuchant contre les corps gisants au moment où la porte mitraillée volait en éclats. Les balles sifflèrent au-dessus de sa tête.

« Il doit en rester trois de l'autre côté, en plus de Léonard, dénombrait la voix calme de Borja dans le raffut.

– Je vais t'éclater la tronche, *man* ! » promit Théo. Apparemment, Borja avait oublié de compter un ennemi farouche dans l'antichambre.

Borja se découvrit et tenta de lancer une autre grenade chloroformique, mais la jeune femme du groupe lui opposa une barrière électromagnétique et la grenade rebondit pour retomber dans l'antichambre. Borja, porteur d'un masque, s'en tira indemne. Théo était de nouveau gazé.

« Elle comprend vite, ma chérie ! » s'exclama Borja avant de repasser les sels sous les narines de son compagnon. « Tiens, prends-en un peu, *man*, c'est de la bonne ! »

Théo se réveilla de nouveau, mais il préféra faire le mort. Borja, quant à lui, avait encore disparu.

Deux hommes s'approchèrent de la porte. Théo saisit chacun d'entre eux par une cheville et commanda à ses gants de décharger le courant. Rien ne se produisit. Les deux hommes ne comprenaient pas la manœuvre et échangèrent un regard avant de pointer leur armes vers lui, quand soudain Théo sentit qu'on lui saisissait les jambes à son tour. Le courant traversa son corps pour atteindre celui des dissidents, qui lâchèrent leurs pistolets, et s'effondrèrent sur Théo déjà inconscient. Borja saupoudra de sels un ruban de Scotch, fouilla dans les corps pour dégager Théo, et le lui colla au-dessus des lèvres, avant de disparaître de nouveau. Théo, réveillé pour la troisième fois, se releva sur des jambes branlantes. Il vit une fille brune et superbe, à la peau mate, qui courait pour se jeter à son cou. Dans son état, elle avait l'air d'avancer au ralenti. Elle était magnifique avec ses formes pulpeuses, et son regard de feu et il reconnut Élena, la fille de Léonard, la fiancée de Borja. Il tendit les lèvres prêt à recevoir son baiser de braise. Il reçut un coup de tête qui l'acheva.

De son côté, Borja avait réussi à contourner l'ennemi, et à passer par une fenêtre de la seconde pièce. Il fit pivoter la vitre, passa les jambes, et s'introduisit avec précaution juste derrière le dernier gardien. Il l'assomma d'un coup bien ajusté sur la nuque, sous l'œil calme de Léonard.

« Salut tonton ! » s'annonça-t-il.

Léonard lui rendit son salut d'un petit signe de tête. Et Borja fut finalement touché. Il avait été atteint par un projectile en plein milieu du front. Cette fois, il n'avait même pas tenté de l'esquiver. Élena venait de lui cracher au visage. Elle pointa ensuite son arme et visa. Il évita les balles, et lui envoya un sourire désolé accompagné d'un boomerang magnétique avec toute la délicatesse qu'il pouvait y mettre.

« Je suis désolé, mon amour ! et elle s'écroula comme les autres.

» Oncle Léonard, vous allez devoir m'accompagner », s'excusa-t-il, de nouveau.

Élena, groggy mais encore consciente, le suppliait.

« Laisse-le ! Vous ne pouvez pas le faire contre son gré ! Laisse-le, Borja je t'en prie !

– Je ne peux pas, Élena, j'ai reçu des ordres de mon père. Je suis désolé. » Elle ferma les yeux pour de bon, et il déposa un baiser sur son front. Léonard assistait à la scène.

« Ne vous inquiétez pas pour elle ! Elle est juste un peu dans les vapes !

– Je ne m'inquiète pas, Borja ! Tu fais du très bon boulot ! Très propre », le félicita Léonard. Borja venait de le capturer.

Théo, grâce au Scotch parfumé aux sels qui lui avait été collé en guise de moustache, se releva, tant bien que mal, et constata, en découvrant les corps allongés, que la mission était terminée. Il titubait. Il faisait de son mieux pour rattraper Borja et Léonard. *Sale con ! Eugénique de merde ! Je vais te niquer la gueule !* et il titubait.

7

Stan et Léonard

« Science sans conscience, n'est que ruine de l'âme. »

Rabelais

« UI :
(...) Celui qui par hasard ne serait pas pour moi
Est contre moi, et il n'aura de sa conduite,
Alors, qu'à s'imputer à lui-même les suites.
Maintenant vous pouvez choisir. »

Bertold Brecht,
La Résistible Ascension d'Arturo Ui

Généton, 8 janvier 2041

Léonard se tenait au bras de Borja. Il avançait avec peine, moins abattu par les ans que par sa capture. Théo, encore vaporeux, les suivait. Ils étaient escortés par deux gardes jusqu'à la salle Mendel du centre de commandement Généton, qui servait généralement d'amphithéâtre de cours. Lili, la sœur jumelle de Borja, les attendait avec Stanislas, son père, ainsi que Tolstoï, son labrador au poil vert fluorescent. Tolstoï, couché sur le sol, reconnut une odeur familière dès que Léonard et Borja franchirent le seuil. Trop vieux, il leva le museau pour tenter de discerner les silhouettes de ses yeux myopes, puis reposa sa gueule contre le plancher.

Dès qu'il aperçut son vieux collègue, Stanislas, qui se mouvait à l'aide de son pantalon à prothèses, vint au-devant de Léonard pour lui prendre l'autre bras. Léo déclina son offre, en s'arrachant de ses faibles forces à la prise de Stan. Stan se contenta alors de l'accompagner jusqu'à la rangée de sièges la plus proche. Comme le silence pesait et qu'ils avançaient lentement, Stanislas décida de débuter les hostilités avant même que Léonard ne prenne place.

« J'espère que toute cette agitation ne t'a pas trop fatigué, mon vieux Léo ? »

Léo gardait le silence. Stanislas approfondit sa pensée :

« Alors mon cher, tu ne trouves pas qu'il serait grand temps d'utiliser les résultats de tes recherches pour nous rafistoler ? Regarde de quoi nous avons l'air, deux pauvres grabataires qui tiennent à peine sur leurs jambes ! Il suffit que j'enlève mon pantalon à prothèses, et je m'écroule aussitôt ! » Léonard s'arrêta net avant de prendre à témoin Borja et sa sœur, puis de lever les yeux au ciel comme s'il adressait un reproche au Créateur :

« Toi tu es surtout usé des neurones ! Je croyais pourtant avoir été assez clair, Stanislas ! Il est hors de question qu'on utilise mes recherches à des fins autres que thérapeutiques ! Essaye de te mettre ça dans le crâne, espèce de sale petit antéchrist ! Il faudrait être diablement perturbé pour s'administrer l'immortalité ! » et Léonard s'interrompit un instant pour dévisager son vieux compagnon avec lequel il avait partagé les bancs de l'université de médecine.

Ses oreilles gigantesques et décollées, mal ourlées, attachées à cette tête allongée, avec ses lèvres épaisses, en faisaient une caricature grotesque d'un prince de la couronne anglaise. Stanislas ne se troublait plus de l'impression comique que son visage inspirait. Surtout avec Léo qui le connaissait depuis si longtemps... Stan ouvrit de grands yeux pathétiques. Léonard reprit, sans espoir :

« Et malheureusement dieu sait que tu l'es, vieil hypocrite ! » Léonard s'était assis sur un siège au bout de la première rangée. Tolstoï se tenait juste en dessous. Léo, qui le connaissait de longue date, enfouit sa main dans ses poils verts, le frictionna, le pinça, avant de lui saisir la gueule des deux mains. Tolstoï, ravi de reconnaître ce vieil ami disparu, se débattit en secouant le museau, et libéré, il lui lécha les doigts jusqu'à ce que Léo les retire et se redresse. Léonard tenta d'avancer des arguments raisonnables :

« Et qu'est-ce que vous feriez de l'immortalité ? Imagine, vieux dément ! C'est de la folie pure ! Disons, en étant optimiste, que les premières années, tu arrives plus ou moins à trouver un équilibre, à être heureux... Autant qu'un être humain est capable de l'être, bien sûr... Tu as du pouvoir, de l'argent, des plaisirs, des femmes, des hommes, des kangourous, tout ce que tu veux, et autant que tu le souhaites... À doses illimitées ! Ou plutôt, tu te fixes tes propres limites ! Bon ! Imagine, ensuite, les années passant, je ne parle pas de jours, ni de mois... Je parle d'années, interminables les années, où tu n'as rien à attendre, mais alors rien du tout. La lassitude et la mélancolie doivent peu à peu te vider de tout sentiment humain ! Elles te rongent les os, elles te gèlent de l'intérieur. Et pas d'enfants, évidemment, les enfants deviennent une aberration dans cette perspective, et toi, qui es là, indéfiniment, à passer le temps, à épuiser le décor ! Tu ne peux que devenir complètement fou, et tenter de te faire sauter la tête pour arrêter cette absurdité ! Tu comprends, espèce de vieux sagouin stupide ? » acheva Léo d'un ton pédagogique.

Stan, nullement blessé par la dernière réflexion de son ancien camarade de promotion, appuya les coudes sur la table, sa tête à quelques centimètres de celle de Léo, et tenta de négocier :

« Tu sais, je ne demande pas forcément l'éternité, c'est vrai que ça ferait un peu long, hein ? » Stan semblait attendre une réponse. Léonard restait impassible.

« Surtout à la fin », compléta lui-même Stanislas, en reprenant un comique new-yorkais du XXe siècle érigé aujourd'hui en référence. Ils l'appréciaient tous deux, du temps de leurs thèses, quand ils téléchargeaient ses films déjà démodés à l'époque. Stan sentait qu'il n'avait pas fait passer la plaisanterie... Léonard ne remua pas un cil... Impossible de jouer sur la complicité... Il revint à la charge :

« Mais sérieusement, tu ne penses pas qu'on pourrait s'accorder encore une petite cinquantaine d'années ? Franchement y a pas de quoi fouetter un chat, cinquante ans ! implora-t-il en utilisant une de ces expressions désuètes dont il avait le secret, et que peu de survivants déchiffraient encore.

– Non ! On a eu notre compte ! Toi et moi ! Surtout toi ! Tu en as assez fait ! Il est temps de passer le relais à une nouvelle génération de fous dangereux dans ton genre », et il posa son regard sarcastique sur Borja qui haussa les épaules. Stanislas frappa du poing sur la table.

« Ce que tu peux être mesquin ! hurla-t-il, indigné. Je te demande juste un demi-siècle ! Et ces fous dangereux dont tu parles, le sont parce qu'ils manquent justement de maturité ! Ils sont trop jeunes. Moi je ne peux que me bonifier avec les ans et je saurai diriger ces petits irresponsables pour qu'ils ne dépassent pas les limites du raisonnable en créant, je ne sais pas moi, des mutants mi-hommes, mi chiens, ou des..., des..., et il n'arrivait pas à illustrer sa pensée, chacun des exemples lui venant à l'esprit ayant déjà été expérimenté par ses propres soins.

– Ton cas est désespéré ! le condamna Léonard. Ta capacité de nuire ne peut que s'amplifier avec les ans et surtout avec ce nouveau pouvoir.

– Ah Léo ! Qu'est-ce que tu peux être chiant ! Depuis la mort de Fleur, tu es...pff... », et Stan soupira de découragement. Le regard de Stanislas se fit plus métallique. Il n'était plus question de persuader, mais de mettre en pièces.

« Tu te rends compte que tu me fais la gueule depuis presque trente ans ! Regarde-moi ! C'était aussi ma sœur et j'ai su faire mon deuil ! assena-t-il. Toi, le grand généticien, l'homme responsable et rationnel, pas un jour sans que tu n'y penses et que tu en chiales, rongé de remords ! Ta femme est morte d'une septicémie, le truc le plus bête qui soit et toi le grand docteur, tu n'as rien vu venir, tu étais parti en conférence à l'autre bout du monde ! Le truc le plus bête au monde, Léo, le truc qui arrive une fois sur un million, hein docteur Jansen ! » Léo le dévisageait, incrédule. Stan, même s'il était parfaitement hors sujet, frappait là où ça fait mal. Ignoble et avec une mauvaise foi insoutenable, il poursuivit.

« Et n'oublie pas que si tu m'avais laissé la soigner, j'aurais pu la sauver ! Je t'avais proposé de traiter Élena en la mettant dans une bulle à part ! Bon, pour une fois tu as eu raison, ça aurait été inutile puisque la maladie ne s'est jamais déclarée sur ta fille.

Touchons du bois pour que ça dure ! Mais en tout cas Fleur n'aurait jamais accouché et...

– Tais-toi ! C'est absurde ! Je ne vois pas le rapport. Ne te pose pas en... Comme si tu aurais pu... » Léonard s'interrompit, ému, comme toujours, à l'évocation de ces souvenirs. Il ne parvenait plus à s'exprimer et ses dents grinçaient de colère. Stanislas continuait, impitoyable, revenant au sujet en déroulant un fil de relations de plus en plus inattendues.

« Depuis, tu t'es renfermé et tu es devenu le plus grand entêté de la planète. Je me demande comment ta pauvre fille te supporte ! D'ailleurs, on la sent fragile la pauvre, torturée, et la perte de sa mère n'explique pas tout ! Tu dois la rendre folle avec ce sentiment de culpabilité immense que tu ne reconnaîtras jamais mais qui te dévore sans répit depuis trente ans ! » À mesure que ses affirmations devenaient douloureuses, Léonard comprenait où il voulait en venir. Stanislas lâcha finalement le morceau.

« Je comprends que tu ne tiennes pas à prolonger ta vie, au contraire, mais laisse au moins les autres libres d'en décider autrement, libres de vivre plus longtemps s'ils le souhaitent ! S'ils aiment ça, la vie, eux ! N'ai-je pas raison, morbide vieillard ! À faire la leçon avec ton humanisme complètement désuet qui a disparu de la surface de la planète depuis des décennies ! » acheva Stanislas remonté. Théo, Borja, sa sœur Lili, et Tolstoï ne bougeaient pas un ongle, admirables spectateurs.

Un message s'afficha sur le panneau au-dessus de la porte. Stanislas recouvra son calme.

« Tiens, on m'annonce l'arrivée du ministre... Moi je te l'ai demandé gentiment, tu sais... Je dirais même plus, amicalement... À partir de maintenant c'est l'État qui te l'ordonne ! s'exclama Stanislas d'une voix solennelle.

– Arrête tes bouffonneries ! Tu ne me fais pas rire. Tu as arrêté de me faire rire il y a dix ans, quand tu as entrepris le programme Eugenos. Depuis, tu me consternes quand tu ne me donnes pas envie de vomir.

– Oh ça va, mon tout beau ! Il est temps de réviser ton jugement ! Tous les experts sont d'accord et me félicitent du succès total d'Eugenos !

– Les experts à votre solde. Une bonne partie, pour ne pas dire les meilleurs d'entre nous, sont ostracisés ou déportés au Zoo parce qu'ils partagent mon opinion. Vous êtes fous ! Après avoir supprimé les comités d'éthique, vous êtes en train de commettre l'irréparable !

– Bon, laisse tomber, voilà le ministre Lorentz ! »

Le ministre, qui venait de les rejoindre, attaqua à son tour Léonard d'un ton plaisantin :

« Allons, allons, pourquoi encore cette polémique fastidieuse ? Vous n'avez pas mieux à faire, un savant de votre envergure ! Arrêtez de vous opposer au fruit de votre labeur ! Vous ne pensez pas qu'il serait temps de servir un peu l'humanité plutôt que de la frustrer ! Pensez à nos contribuables, ceux qui nous font vivre ! Le ministère ne paye pas vos recherches uniquement pour le plaisir de la connaissance et pour soigner quelques cas isolés de personnes atteintes de maladies exotiques !

– C'est bien ce que je lui reproche !

– Bon, Léonard, assez plaisanté ! Pour la dernière fois, allez-vous nous communiquer vos résultats ? Allez-vous nous aider à procéder à une expérimentation humaine ? Allez-vous collaborer dans votre propre intérêt pour devenir un héros qui sera vénéré de son vivant pour les siècles des siècles ?

– C'est hors de question !

– Ainsi soit-il des entêtés ! reprit à son tour Stanislas qui tendit sa main vers le ministre, et s'adressa à Léonard. Tu vois ? Tu vois comme tu nous mets tous dans une position délicate. On aimerait te tirer de l'embarras, mon vieux, mais vraiment y a pas à dire, t'es pas aidant ! »

Le ministre jeta un coup d'œil à Stanislas qui lui répondit d'un hochement de tête imperceptible, comme s'il s'agissait d'une acceptation.

« Capitaine, conduisez Léonard à sa cellule ! ordonna le ministre à Théo. Il sera jugé ce soir pour délit de fuite, crime de rébellion, refus de servir l'humanité, et la sanction sera à la mesure de sa faute. Je demanderai son transfert à la réserve du Zoo d'ici quelques jours ! » et le ministre Lorentz s'adressa de nouveau à Léonard, pour lui offrir une dernière chance.

« N'hésitez pas à m'appeler si vous changez d'avis, mon vieux, je vous laisse ce téléphone à numéro unique et bonne continuation ! » Il salua l'assistance d'un geste rapide et disparut.

Borja et sa sœur Lili restaient interdits. Ils échangèrent un regard perplexe, puis Borja tenta une vague protestation :

« Mais père, vous ne pouvez pas laisser faire ça ! C'est votre beau-frère, et c'est aussi notre oncle tout de même !

– Il m'emmerde depuis trop longtemps ! Je suis désolé pour votre oncle mais je ne peux plus rien pour lui. Emmenez-le en cellule, Théo, et tenez-vous prêt ! Vous aurez la charge de le conduire au Zoo au lieu qui vous sera communiqué. N'oubliez pas, tenez vous prêt !

– Laissez-moi l'emmener, père !

– Non Borja ! Ni toi, ni Lili ! Pour vous, j'ai d'autres projets. Laissez-moi maintenant ! »

Léonard se courba et tapota la tête de Tolstoï. Il lui saisit la gueule jusqu'à ce que le labrador réussisse à se dégager. Tolstoï se recoucha de nouveau, trop fatigué pour poursuivre le jeu.

« Ah mon brave Tolstoï, tu es moins fou que ton maître ! Tu as eu une vie bien remplie et tu ne demandes plus qu'à te reposer ! Brave bête ! Si ton maître pouvait être aussi sage ! Tâche de le convaincre ! » Léonard lui donna une dernière tape et se leva.

Théo, quelque peu gêné, agrippa le bras du vieillard davantage pour empêcher sa chute que sa fuite, et l'emmena à la geôle où il attendrait sa comparution au tribunal. Elle était prévue pour le soir même.

8

Réveil brutal

« ... Quand avec du soleil aux cheveux, dans la rue
Et dans le soir, tu m'es en riant apparue
Et j'ai cru voir la fée au chapeau de clarté
Qui jadis sur mes beaux sommeils d'enfant gâté
Passait, laissant toujours de ses mains mal fermées
Neiger de blancs bouquets d'étoiles parfumées. »

Stéphane Mallarmé,
Apparition

Appartement de Théo, 12 janvier 2041

À la troisième sonnerie, Théo ne pesta plus et se résigna à un lever inéluctable bien que prématuré. Il examina sa montre pour prendre la mesure de sa colère, *putain, les salauds !* et se dirigea vers la porte d'entrée, l'œil vaporeux et la langue chargée des cocktails survitaminés ingurgités la veille, durant sa nuit endiablée. Il était 7h10 et il ne devait se lever qu'à 7h20. Du fond de ses entrailles, une haine meurtrière grossissait, prenait forme. Il n'allait pas tarder à enfanter une fureur qui déferlerait sur l'importun. Nu comme un ver, le sexe encore engorgé, pointé comme une menace droit devant lui, Théo agrippa la poignée d'une main rageuse avant de tirer la porte d'un mouvement sec et violent, toutes dents dehors. *Si c'est la concierge, je la viole sur le palier !*

La jeune femme aux sourcils froncés d'impatience tenta d'émettre un son alors que ses yeux s'arrondissaient devant cette apparition velue.

Elle resta déconcertée un bon moment. Son regard descendit le long du corps de Théo, s'arrêta à bonne hauteur, et sa bouche s'épaissit pour former une moue qui se répandit en un sourire moqueur. Théo crut entendre des gloussements, mais le rire venait d'ailleurs.

Théo, quant à lui, ne bougeait pas. La colère s'était immédiatement dissipée quand il reconnut le visage de Lili, la sœur de Borja, la jeune femme qu'il adulait. Un bon mètre soixante-quinze, sa chevelure couleur paille, son visage aux lignes douces contrastant avec la morsure bleutée de son regard lui rappelaient Kasi Pernit, une actrice de hard qui avait représenté dans son adolescence le canon même de la beauté ; une alliance de nombres et de rapports idéaux qui débouchaient sur les divines proportions ! Oh dieu qu'il s'en souvenait de ses films porno, de ses traits fins et pommelés avec ce sourire charmeur, de la taille de ses petits seins qui tenaient dans la paume des mains, de la courbure de ses hanches avec ses petites fesses rondes et musclées, de la fermeté de son ventre aux sillons estompés, du cisèlement net et lumineux de son pubis blond, bref de l'ensemble de son anatomie plantureuse qui se laissait malaxer, enfoncer, défoncer dans tous les sens, et dont toutes les parties étaient abondamment léchées, mordues, et aspergées !

Plus tard, il avait appris à modeler ses goûts sur les corps des femmes qu'il possédait, quels que soient leurs vices apparents ou cachés, et leur état de conservation. Notamment celui de sa dernière compagne, tiraillée entre les régimes et les crises de boulimie, et dont le poids fluctuait comme le cours du Nasdaq.

En tout cas, Lili, à chaque apparition, réveillait le jeune idéaliste qui sommeillait en lui. Un courant d'air lui hérissa les poils des cuisses pour lui rappeler son manque de tenue. D'autant plus que le regard azuré de Vénus ne quittait plus son bas-ventre où son membre reprenait brusquement un nouvel élan vers le ciel, encouragé par de vieux souvenirs de monts dévoilés.

Mais si quelqu'un était nu ici, c'était bien lui ! Il chipa à sa charmante visiteuse le paquet rectangulaire qu'elle tenait entre les mains, en couvrit son sexe revigoré, et le maintint courageusement. Le rire continuait à bourdonner dans ses oreilles.

« Ça tombe bien, c'était pour vous, avoua-t-elle en relevant enfin les yeux.

– Qu'est-ce que vous faites là ? lui demanda-t-il.

– Je vous ai amené Léonard pour que vous l'accompagniez à la réserve du Zoo. Il est dans une navette ODIN devant votre immeuble. Il dort dans un caisson chloroformique. Non seulement vous l'accompagnerez au Zoo, mais vous resterez ensuite avec lui pour le surveiller.

– Pour quoi faire ? Il suffit de lui planter un émetteur dans les fesses avec les dents, répondit-il en se rappelant la technique de Borja.

– On y a déjà pensé, merci quand même. Mais ça ne suffit pas. On souhaiterait que vous assuriez aussi sa protection.

– Vous voulez peut-être que je m'installe là-bas ! répondit-il courroucé.

– Non ! C'est tout ce qu'il y a de plus temporaire. C'est une sorte de stratagème. Vous ne devez pas en savoir plus. Bon, je suis pressée, dépêchez-vous de vous habiller !

– Elle est bizarre votre histoire. Vous venez me confier la mission d'escorter Léonard, alors que devant votre père, vous aviez du mal à cacher votre réprobation. C'est votre oncle, ce Léonard, si j'ai bien compris ? Et voilà qu'aujourd'hui, après vous être violemment opposée au projet, vous m'amenez vous-même le prisonnier.

– Vous n'êtes pas rapides vous autres parfois ! reprit-elle agacée, sans qu'il puisse distinguer si elle s'adressait à lui en particulier ou à lui comme un humain parmi la multitude des humains limités. Si je vous demande de protéger mon oncle et que je vous explique que votre présence au Zoo est temporaire, c'est que nous avons peut-être pensé à une alternative ? Vous débutez vraiment dans le métier, vous alors !

– Mouais... » Théo flairait l'entourloupe mais ne voulait pas passer pour un junior. « Et dans ce paquet ? demanda-t-il en baissant la tête vers la boîte qu'il continuait à maintenir à hauteur de son sexe.

– Dans ce petit paquet ? Vous devriez le savoir ! Ce n'est plus votre première mission. C'est du magnésium pour les missions spéciales. Ça renforce la vivacité, la vigilance, les réflexes, et c'est à consommer immédiatement.

– Petit, petit, il peut cacher de bien belles choses, ma jolie », affirma-t-il d'un clin d'œil coquin, et il baissa encore le regard vers le paquet, et toutes les choses qu'il pouvait cacher.

Lili gonfla la joue droite et la décompressa d'une estocade de son index. Elle ne devait pas partager son opinion. Théo tiqua car le rire avait recommencé, ne semblant s'arrêter que pour reprendre de plus belle. La jeune femme enchaîna :

« Bon, vous le conduirez en zone sept. L'agent qui me suit vous fera office de copilote et vous escortera jusqu'à bon port. C'est tout ! » Elle prit congé, et traversa le couloir. Elle se retourna alors qu'il suivait du regard sa silhouette parfaitement moulée dans le costume d'ODIN. *Non, non, non* fit-elle en remuant son index, et elle reprit son chemin en remuant son bassin. *Putain d'eugénique !*

Théo put enfin identifier la source joyeuse de leur conversation. Dès que Lili passa l'angle du mur, un homme apparut. Il lui fit signe qu'il l'attendait. Théo reconnut un soldat des opérations spéciales aux habits à rayures ocre et noires avec l'inévitable casquette réglementaire. Ses traits lourds s'étaient affaissés. Il avait l'air détendu, comme s'il venait de s'offrir une franche partie de rigolade.

« Vous vous marrez bien dans la vie, vous ? » le prit à partie Théo.

L'homme tenta de reprendre le dessus et éclata de rire de nouveau. Théo avait l'impression d'avoir affaire à une victime d'une manipulation génétique ratée, programmée à vivre une joie sans rémission.

« Bon vous savez donc que tout ce qui a été dit entre moi et la jeune femme est strictement confidentiel ?

– Ne vous inquiétez pas ! C'est une procédure spéciale. Dès mon retour, on me posera des électrodes pour effacer ma mémoire instantanée et toutes les autres zones cérébrales qui auront pu être affectées par des souvenirs. Je suis leur agent préféré pour ce genre de missions. Il paraît que j'ai des prédispositions pour l'oubli. C'est dommage, ça commençait bien ! Vous êtes à l'aise vous, sans complexe, hein ? » éclata-t-il de nouveau après lui avoir adressé un clin d'œil. Théo était à bout.

« Dégagez avant que je vous laisse des souvenirs qu'on n'est pas près de pouvoir effacer », hurla-t-il.

Le pauvre homme ne faisait qu'œuvrer à son pénible labeur, en essayant d'y mettre un peu de bonne humeur.

« Oh ça va, c'est pas grave. Bon... je vous attends dans la navette. »

Désabusé, l'homme prit le chemin de l'ascenseur en route vers l'oubli, conscient que l'avenir ne lui laisserait pas plus de trace que le passé.

Théo s'apaisa. Son humeur écarlate se dissipait, assuré que ce témoin redeviendrait bientôt un parfait inconnu. Il ouvrit le paquet, sortit le flacon et avala la potion de magnésium. Il était temps de s'habiller.

9

Visite au Zoo

« Non, Mesdames, Messieurs, vous ne pouvez pas déclarer l'accusé coupable à moins d'êtres sûrs, absolument sûrs, que l'accusé a tué un homme – plus généralement que les tropis sont des hommes. »

Vercors,
Les Animaux dénaturés

Généton, 12 janvier 2041

« C'est fait, père ! Je lui ai communiqué vos ordres et je lui ai donné la ration contenant l'émetteur », annonça Lili, encadrée dans l'écran géant de son ordinateur.

Lili de Coligny vouvoyait son génial géniteur. Elle avait été élevée selon les principes de l'une des plus vieilles et des plus fameuses lignées de l'aristocratie française, quelque peu décatie au fil des siècles, décadence consanguine oblige, jusqu'à ce que Stanislas de Coligny, vienne redorer le blason familial. Stanislas avait eu tout le loisir d'étudier les symptômes de la dégénérescence à travers ses proches, et notamment son propre cas... Les excentricités du corps le disputaient à celles de l'esprit. La curiosité mêlée à l'angoisse de transmettre ce lourd fardeau à ses propres enfants, l'incita à une vocation qui devait le rendre célèbre : la génétique. Il évita ainsi à sa fille Lili et à son fils Borja, de tenir compagnie à l'asile à ses petits cousins. Surtout à l'un d'entre eux, un Minotaure demeuré dont l'expression bovine corroborait une vieille légende de famille, qui ne diminua en rien l'empressement de Stanislas à plonger dans la science pour décrasser sa race.

Une aïeule, éprise d'un matador, fut dite prise de folie. Son homme avait été écorné au beau milieu du ventre. Un choc émotionnel qui produisit son effet sur la malheureuse. Elle se résigna sans difficulté et à maintes reprises, dit-on, à offrir ses charmes au vigoureux tombeur de son époux, dont les cornes purent alors rivaliser avec celles de son meurtrier. La dame évita qu'on abatte le taureau criminel. Elle le voulait pour elle toute seule, le tuer à petit feu, osa-t-elle affirmer. On le lui accorda et elle l'emmena dans son étable. Les langues les plus bienveillantes prétendaient qu'elle était déjà enceinte au moment des faits. Mais treize mois pour accoucher, ça sembla peu naturel, et ce drôle de bébé, il fallait le voir pour le croire ! Les rumeurs de courir, de se précipiter.

De toute manière, Stanislas prit soin que sa fille et son fils Borja ne soient porteurs d'aucune défectuosité génétique. Il avait tellement travaillé à leur optimisation, qu'au résultat, ils n'étaient plus ses véritables enfants, juste une sélection de gènes habilement combinés. La grâce, l'élégance, et la subtilité de leur esprit aérien confirmaient que la souche des "de Coligny" venait enfin de repartir du bon pied, pour ne parler que de cette extrémité.

Stanislas contempla sa beauté de fille sur l'écran,

une œuvre non pas de son sexe, ni de son amour, mais bien de son génie.

« Très bien ! je dois te laisser maintenant ! Attends mes ordres !

– J'attends vos ordres ! » et elle pencha une tête brusque vers le bas et la releva aussi sec, à la japonaise, en signe de soumission totale. Avec son frère, la dérision était constante. Stanislas lui rendit son salut d'un geste plus lent pour ménager son vieux cerveau, et sourit en coin. *Décidément ! Ces deux-là !* Il éteignit l'écran pour vaquer à ses affaires.

Une fois seul, Stanislas enfila son pantalon Barutti équipé de prothèses électroniques et un long manteau Garline en fourrure, dont le col remontait pour le couvrir du froid et des regards. Il emprunta un défilé de couloirs et sortit par une porte secondaire. Malgré le système de son appareil de marche, il grimaçait à force d'utiliser sa jambe malade. Il héla un taxi glisseur et lui indiqua le centre d'attractions génétiques qu'on appelait communément le Zoo, et qui occupait l'ancien quartier de Nanterre et La Défense. Il arriverait bien avant Théo qui devait passer le barrage de la réserve-prison elle-même.

À son arrivée, il put constater que le parc n'avait pas désempli depuis son dernier passage. Les files de visiteurs étaient toujours aussi longues, et les affaires fructueuses. Devant les grilles d'entrée, des hommes-sandwichs protestaient contre les rumeurs de fermeture et de destruction de la réserve du Zoo. Sur leurs panneaux, on pouvait lire en lettres scintillantes : *FERMETURE = GÉNOCIDE*, *LES ZARDS ET LES MUTANTS NE SONT PAS COUPABLES !*, *NOUS SOMMES TOUS DES ZARDS !*, et le porte-parole répétait dans un haut-parleur, *Signez la pétition ! Ne laissez pas per-*

pétrer un nouveau crime contre l'humanité à l'intérieur de nos frontières. Signez la pétition ! Les soldats présents étaient prêts à intervenir au cas où les manifestants troubleraient l'ordre public.

Les imbéciles, murmura Stanislas, et il se présenta devant un des portiques isolés, à une certaine distance des caisses automatiques assiégées par la foule, et plaqua sa main sur un identificateur incrusté dans le mur. Il put pénétrer dans la vieille tour retapée qui surplombait la zone.

Il traversa la salle d'exposition du rez-de-chaussée en boitillant pour éviter de trop appuyer sur sa jambe douloureuse. Le musée recevait pour un semestre des œuvres célèbres du monde entier. Derrière des cages de verre, on pouvait admirer le travail du dernier génarticien en vogue, qui avait bâti sa réputation en créant des formes de vie extraordinaires. Un être en forme de cône gélatineux, d'une cinquantaine de centimètres de hauteur, s'illuminait de couleurs différentes à chaque étage, se dégradant des plus chaudes au plus froides, en rouge, orange, jaune, vert et bleu. La chose se tassait puis s'allongeait en hauteur par des successions d'inspirations et d'expirations. En dessous, on pouvait lire « méduse de Noël » ; derrière la glace connexe, à partir de la même trouvaille, un être à peu près similaire avec une forme plus aiguë se terminait en pointe comme une pyramide. Des lettres multicolores avaient été savamment créées à l'intérieur de sa chair et elles s'éclairaient sporadiquement comme de vieux néons défectueux : SEX-SHOP, CASINO, BAR. En dessous, « méduse égyptienne en vadrouille au vieux Soho ». Une autre installation, la plus choquante et la plus célèbre de par le monde, et pour laquelle l'artiste avait dû obtenir une autorisation spéciale des autorités, était exposée dans une pièce dédiée. Dans un genre complètement différent, clin d'œil à la mythologie antique, et plus reconnaissable quoique tout aussi monstrueuse, l'œuvre portait une tête de taureau prolongeant un corps d'homme ; le Minotaure fumait des narines en cognant contre la glace, alors qu'autour de lui des gamins agitaient des voiles rouges devant ses yeux fous en poussant des cris : *Olé ! Olé ! Olé !* Tous ces monstres, heureusement, étaient au mieux décérébrés, au pire disposaient de l'intelligence d'un moucheron. Même les mutations savantes auxquelles on avait hypertrophié des parties du cerveau, avaient été conçues sans conscience, ou sans possibilité d'en acquérir. Elles étaient exposées au deuxième étage avec les calculateurs biologiques et les mémoires vives neuronales, dont certaines atteignaient les performances des ordinateurs quantiques, et étaient déjà commercialisées... À quand l'ordinateur ADN ? On y travaillait, d'après la rumeur.

Stanislas ne s'attarda que sur le Minotaure qui lui rappela la légende de sa célèbre aïeule. Il se rendit juste après dans la salle la plus prisée du public : la salle de contrôle de la réserve. On pouvait y louer une caméra pour se balader virtuellement à travers la réserve du Zoo dans laquelle étaient parqués les dégénérés, produits monstrueux de savants irresponsables, les zards, des banlieusards pour la plupart issus de l'immigration des cent dernières années, et qui n'avaient pas réussi à s'intégrer socialement, ainsi que les tueurs, des prisonniers extrêmement dangereux que le gouvernement avait transférés dans cette zone.

Il reconnut à leurs uniformes bleu roi et au blason doré cousu dans leur dos, une classe de gamins du programme Eugenos, accompagnés de leur professeur, madame Loanne Rohan, la tante de Théo. Les petits eugéniques suivaient régulièrement des cours dans l'école de génétique du parc. Leur présence assidue dans ce lieu les aidait, d'après les spécialistes, à s'interroger sur leur propre identité génétique dans le cadre d'un programme scolaire spécifique.

Pour éviter de paraître suspect, Stanislas vint à sa rencontre, affable :

« Alors comment vont les petits génies ? » interrogea-t-il ingénu. Elle le reconnut avec indifférence, et lui lança une pique en dédaignant sa question.

« Ah tiens, professeur de Coligny ! Vous aussi, vous venez vous amuser à martyriser des mutants ? répondit-elle désignant d'un geste d'impatience les fruits de son œuvre.

– Ils ont l'air un peu turbulents, comme tous les enfants de leur âge, mais je suis sûr que ce sont de braves petits gars ! » répondit-il en prenant un accent populaire, imitant les lieux communs des classes inférieures.

Loanne força son sourire, alors que les enfants tournoyaient dans la pièce et s'échangeaient des indications, comme s'ils étaient en train de mettre en place une stratégie militaire.

Ils avaient chacun pris possession de caméras ambulantes qui partaient de la tour vers la réserve du Zoo.

Chaque caméra était montée avec un mécanisme particulier : les plus simples et les plus économiques se contentaient de filmer, d'autres pouvaient aussi transmettre la voix de leur pilote, et ce dernier avait alors la possibilité de communiquer avec les occupants de la réserve. D'autres, encore, permettaient de donner à manger aux zoonards à l'aide d'un sac à provisions qui s'ouvrait et se vidait au pied du détenu. Enfin, les plus onéreuses et celles dont l'utilisation était délicate, suscitaient l'ire et les manifestations des défenseurs des dégénérés et autres ligues pour le respect des droits. Composées de bras articulés, elles pouvaient pincer ou saisir des objets, et certaines étaient armées de lance-pierres. On regardait d'un mauvais œil ceux qui choisissaient ces dernières, et les zards ou les mutants généralement méfiants, détruisaient ces caméras agressives quand ils en rencontraient.

Certains zoonards se regroupaient pour traquer et détruire toutes formes de caméras. Cette chasse était coûteuse pour les loueurs qui devaient rembourser la casse. Tout l'argent était ainsi récolté au profit du centre pour renouveler le matériel, et financer des recherches génétiques afin d'éviter de nouvelles générations de dégénérés ou d'insoumis...

Les eugéniques s'étaient, chacun, emparés de caméras ambulantes, et se baladaient dans la réserve en scrutant leurs écrans à la recherche de mutants à agacer.

Stanislas prit congé de Loanne, actionna sa carte magnétique et se mit aux commandes d'une caméra d'un secteur peu prisé des visiteurs.

Contrairement aux autres utilisateurs, il ne semblait pas errer à travers les dédales de la réserve. Il se dirigeait de manière assurée entre les ruelles, passait à travers des conduits, et débarqua dans une pièce sombre, où dormait paisiblement un géant noir.

Il s'approcha et le pinça de son bras métallique. Le géant sursauta, et s'apprêtait à écraser la caméra qui se mit hors de portée de l'autre côté de la pièce.

« Ne t'inquiète pas, ce n'est que moi !

– Grr, grogna le géant brusqué dans son sommeil.

– Stanislas. C'est Stanislas...

– ...

– Je venais prendre des nouvelles...

– ... Vous n'êtes pas venu depuis des années.

– Je sais ! ... Alors ! ... Tu ne veux toujours pas m'indiquer son repère ? »

Alors qu'il finissait sa conversation, Stanislas fut dérangé par des cris. L'enseignante rappelait à l'ordre des gamins fébriles d'excitation qui se tapaient dans les mains pour se féliciter mutuellement. À l'aide de leurs caméras, ils avaient réussi à rabattre un dégénéré sur un pont, avant de le forcer à se jeter dans l'eau glacée du fleuve.

« Bande de petits salauds ! vous êtes de vrais diables, sales monstres ! Je vais vous enfermer avec les autres horreurs de l'exposition derrière une vitrine pour exposer votre méchanceté, et les gens vous cracheront dessus ! Vous n'avez aucun respect pour autrui, même s'il est différent ? Vous ne ressentez aucune compassion ? L'un de vous sera puni pour ça !

– On n'a rien fait de mal. Ce n'est jamais qu'un mutant ! répondit l'un d'entre eux. On a juste abrégé une vie inutile pleine de souffrances. »

Un autre vint le soutenir.

« Je suis sûr qu'il nous remercierait, s'il était encore vivant... » Il laissa un temps et ajouta : « D'être mort ! » plaisanta-t-il, et tous s'esclaffèrent, alors que l'impertinent recevait une paire de claques.

Stanislas observait la scène d'un air grave. Il avait terminé. Il remonta son col et s'éloigna.

10

La fuite

« Je suis belle, ô mortels ! comme un rêve de pierre,
Et mon sein, où chacun s'est meurtri tour à tour
Est fait pour inspirer au poète un amour
Éternel et muet ainsi que la matière »

Charles Baudelaire,
La Beauté, Les Fleurs du mal

« La beauté n'est qu'un piège tendu par la nature à la raison. »

Voltaire

La réserve du Zoo, 12 janvier 2041

La navette ODIN, un aéro GBM blindé, composé de trois compartiments et incrusté d'écussons en forme d'aigles, auquel avaient été ajoutées des mitraillettes à photons, dépassa le barrage, et traversa le périmètre de sécurité qui séparait la réserve du Zoo du reste du monde. Théo et son prisonnier venaient d'entrer dans la bulle où étaient transférés les mutants depuis des décennies, au départ pour des raisons thérapeutiques, puis, peu à peu, pour débarrasser le monde de cette engeance maudite. Mais la nouveauté, depuis dix ans, était d'y interner tout type de prisonniers, notamment les zards et les tueurs. L'eugénisme, au départ fondé sur les gènes, s'était développé avec de nouveaux critères : les comportements, la classe sociale, les dispositions à la rébellion, etc, alors même que ces types de ségrégation avaient été condamnés des siècles durant, et paraissaient parfaitement barbares aux yeux des partisans de l'eugénisme biologique eux-mêmes. Mais l'opinion le tolérait au nom du principe d'ignorance. Cette évolution des mentalités correspondait sans doute aux effets de la politique générale du programme Eugenos, mis en place ces dernières années.

À la périphérie de la zone où les mutants étaient soignés du temps de l'AIDE, les anciens baraquements semblaient déserts. Mais on apercevait parfois des ombres s'y faufiler. La navette avançait lentement pour ne pas tomber dans une embuscade. Elle progressait vers le centre de la réserve. Çà et là, on remarquait des caméras en balade dirigées par les visiteurs du Zoo, sans doute, en recherche de spécimens intéressants. Au loin, un éclair grésillait... Une caméra était devenue la proie de trois zoonards, qui s'acharnaient à la mettre en pièces... De loin, avec leurs crânes rasés, ils ressemblaient à des tueurs ! Quand les tueurs commençaient une œuvre de destruction, ils ne laissaient pas de morceaux de plus de cinq centimètres... Machine ou être vivant... Des perfectionnistes...

Tout à coup, alors que la navette longeait une allée parsemée de troncs d'arbres calcinés et d'immeubles en béton, un choc violent plaqua l'arrière de l'engin contre le sol. Il s'immobilisa. Théo et son copilote virent rouler sur le pare-brise un tonneau en fer rouillé, qui avait sans doute été projeté du toit d'un immeuble. Ils furent aussitôt entourés de zards habillés de tenues de sport amples et multicolores, de Slikes montantes jusqu'aux mollets, et de casquettes Frontiers à visières coupantes comme des lames de rasoirs. Certains tenaient dans leurs mains de vieux pistolets à grenaille qu'ils pointaient vers le cockpit visant Théo et son compagnon. Trois d'entre eux se mirent à gesticuler en rythme tout en mimant des gestes obscènes avec leurs yeux, leurs langues, leurs doigts, leurs fesses, et leurs sexes. Pendant ce temps, certains rappaient avec des voix menaçantes, en se passant le relais après chaque phrase, sauf quand ils assenaient une chute brutale d'une même voix, et d'autres encore crachaient des sons ludiques, la main sur la bouche pour accompagner les paroles et la chorégraphie.

HEY ! CHEQUIDOUANE, CHEQUIDOUANE, YEP, YEP ! COUTE-MOI, COUTE-MOI YEP, YEP ! COUTE-MOI, COUTE-MOI YEP, YEP !
Qui s'aventure dans le tierquar des BLEEZ-ZARDS !
Sans nous lèf de tun, de DOL-LARS !
S'ra perfroppé à coups de POI-GNARDS !
CHEQUIDOUANE, CHEQUIDOUANE, YEP, YEP ! COUTE-MOI, COUTE-MOI YEP, YEP ! COUTE-MOI, COUTE-MOI YEP, YEP !
Qui s'aventure dans le tierquar des BLEEZ-ZARDS !
Il est tombé dans un cordé trop BI-ZARRE !
Qu'il devra nous téqui sans HIS-TOIRE !
Si veut pas êt' crabouillé com' un CA-FARD !
CHEQUIDOUANE ! YEP ! YEP ! YEP !

Ça avait tout l'air d'un chant de guerre ! Théo se mit à observer son copilote qui battait la mesure du pied, entraîné par le rythme des rappeurs. Ce-dernier sentit peser son regard, et peu à peu s'arrêta. Au-dehors, celui qui portait une chaîne en or, sans doute leur chef, prit la parole :

« Vous êtes sur le territoire des BLEEZ. Pour

passer, il faut yèp ! Sinon, on vous démonte ! » affirma-t-il poliment, sans préciser s'il visait la navette ou ses occupants.

« Alors, on fait quoi ? » demanda le copilote. Théo le foudroya à nouveau d'un œil méprisant.

Il s'empara de la manette qui commandait la mitrailleuse, pressa la touche d'activation, enclencha le masque de visée qui vint se superposer au pare-brise, identifiant autant de cibles qu'il y avait de zards derrière la vitre.

« OK. Voilà notre réponse ! Soit je vous dégomme tous la gueule, soit vous dégagez ! »

Pour être plus persuasif, Théo pressa la détente et fit une démonstration de sa puissance de feu. Des guirlandes de photons lacérèrent la grisaille pendant quelques secondes. Quand il s'arrêta, les zards avaient déjà disparu. La navette poursuivit tranquillement son chemin vers le secteur sept.

À l'arrivée, Théo reconnut les aigles sur les uniformes, trois agents mobiles de l'ODIN les attendaient. Il se gara entre des vieilles carcasses de voitures du début du siècle. Il s'apprêtait à ouvrir, quand il se mit à observer plus précisément la silhouette féminine qui fixait la navette avec intensité...

« Un problème, Chef ? lui demanda son copilote.

– Je ne savais pas qu'on nous avait réservé un comité d'accueil ! C'est pas toi qui es chargé de récupérer la navette et de la ramener à bon port ?

– Je croyais aussi », lui confirma-t-il.

Théo la fixa de nouveau... Un je ne sais quoi dans son allure... Et malgré tout, ce visage lui semblait familier. Il commanda un zoom en pianotant sur le tableau de bord. Cachée sous sa casquette, il venait de reconnaître Élena... Celle qui l'avait assommé lors de leur dernière rencontre... La fiancée de Borja... Mais surtout la fille de Léonard, son prisonnier !

« Parfait le zoom ! apprécia le copilote, vous avez le coup d'œil ! Elle est diablement mignonne la petite ! »

Sans tenir compte des commentaires de son copilote, Théo enclencha le haut-parleur.

« Salut Élena ! Alors, on est venu faire des bêtises ?

– C'est bien vous, Théo ? » Derrière le ton naturel, Théo crut déceler la surprise. Elle se reprit en moins d'une seconde, et ajouta :

« Écoutez, je suis ici à titre officiel.

– Et pourquoi portez-vous un de nos uniformes réglementaires alors que vous êtes censée être en fuite ?

– Écoutez, je veux juste parler à mon père, Théo. Borja m'a dit qu'il ne risquait rien et qu'il sortirait bientôt. Il faut que je lui transmette la bonne nouvelle !

– Mouais... »

Théo réfléchit à ce que lui avait dit Lili. Cette hypothèse lui paraissait peu probable.

« Pour ça, je peux m'en charger, dit-il.

– Non, il ne vous croirait pas et il serait capable de se suicider pour échapper au Zoo. Je sais qu'il en a l'intention. Il faut qu'il ait confiance... Et je m'adresse aussi à vous. Je me suis ralliée à votre cause, et j'agis ici comme agent tout autant que vous. C'est pour cette raison que je porte l'uniforme de l'ODIN.

– Je ne trouverais pas ça très prudent de la part de Stanislas de vous avoir confié cette mission ! » Théo tentait de se rappeler ce que Lili avait bien voulu lui révéler concernant le plan mystérieux. Mais il ne voyait rien. Y avait-il un lien quelconque avec la présence d'Élena ici ? Élena, reprit :

« Il n'a confiance qu'en moi, je vous assure !

– Bon ! Vous comprendrez que je dois contacter Stanislas pour en avoir confirmation. Patientez une minute, voulez-vous !

» Merde, putain, les ondes sont saturées et n'arrivent pas à passer le système de brouillage du Zoo. Tu peux faire quelque chose, demanda-t-il à son partenaire.

– Il faut attendre que ça se stabilise. Ça peut prendre un peu de temps », répondit le copilote.

Sa réponse fut amplifiée par le haut-parleur et parvint aux oreilles d'Élena.

« En attendant, laissez-moi vous rejoindre ! On en profitera pour discuter, proposa-t-elle.

– ...

– Alors, vous n'avez quand même pas peur de moi, Théo ? Je sais que j'ai été un peu brutale la dernière fois, je vous prie de m'excuser.

– Vous pouvez entrer mais sans vos compagnons pour le moment... Mais au fait, qu'est-ce qui me prouve que vous ne cachez pas d'arme ? »

Élena pressa sur une touche de son uniforme, qui glissa à ses pieds. Elle venait de dévoiler son arme la plus redoutable.

« Dieu de ma mère ! » s'exclama le copilote, tandis que Théo restait muet.

Entièrement nue, sculpturale, on pouvait distinguer sur l'écran zoomé les grains de sa peau olive agressée par les vents glacés, et, bien qu'elle soit couverte de chair de poule, son visage n'exprimait ni gêne ni souffrance. Quelques frémissements... Ses seins en poire dressés, durs comme des pierres, au bout desquels fleurissaient deux pointes roses assassines, subissaient fièrement les assauts du froid. Même les poils du triangle noir sur son sexe s'étaient hérissés pour la couvrir des morsures glacées. Théo et son copilote la fixaient, en extase.

« J'ai froid ! avoua-t-elle enfin, comme Théo ne réagissait pas.

– Avancez seule ! » lui ordonna-t-il, et il ne la quittait pas des yeux.

Il ouvrit un sas où elle pénétra, et il verrouilla de nouveau.

« Toi tu dégages, mon petit père ! Tu vas faire de la place à la dame.

– Mais...

– On discute pas, on sort !

– Égoïste ! » marmonna le copilote et il quitta la cabine.

Élena avait rejoint Théo. À son entrée, son parfum sucré lui caressa les narines. Il s'agissait d'une extraction de rose, érotique et subtile, qui envoûtait le porteur, et les personnes à proximité.

« Je peux m'asseoir ici ? » demanda-t-elle timidement, en lui désignant d'une main le siège de pilotage à droite du sien.

Bien qu'elle ait l'air frigorifiée, il évita de s'approcher du piège, et se tenait le plus loin possible de son siège, en retrait. Il devait lutter contre le désir qui montait. *Un gentleman l'aurait réchauffée ! Il lui aurait au moins proposé de la recouvrir !* pensa-t-il. En raison de l'ergonomie du siège, elle dut prendre place en posant une jambe de chaque côté. Alors qu'elle soulevait son corps pour se positionner, ses seins durs se balançaient à hauteur des yeux de Théo qui admirait leur forme parfaite. En déplaçant une jambe, son genou cogna contre celui de Théo. Théo tentait de maîtriser son émoi. Son regard ne put éviter de remonter la cuisse qui prolongeait la jambe fuselée, jusqu'à la toison noire qui voilait à peine le sexe d'Élena. Après un moment de silence, elle redemanda d'une voix mal assurée :

« Alors, quand est-ce que je pourrai parler à mon père ?

– J'attends de joindre Stanislas », répondit Théo sèchement.

Le silence accentuait la suspicion, et le parfum redoutable avait tout le temps d'emplir leurs narines, de passer dans leur sang, d'envahir leur cerveau. À chaque seconde, ils absorbaient les senteurs de rose et le désir devenait plus oppressant, l'atmosphère de plus en plus tendue. Elle brisa de nouveau le silence avec ce même ton apeuré.

« On m'a dit que vous aviez battu Borja lors du dernier tournoi ?

– En effet ! » Théo laconique luttait pour ne rien laisser paraître.

« Je croyais qu'il était le plus doué d'entre vous tous... D'autant plus que lui est eugénique ! Il n'a pas trop de mérite, n'est-ce pas ? » Théo pensa qu'elle avait une drôle de manière de prendre la défense de son fiancé. Mais après ce qu'il lui avait fait...

Théo gardait le silence et sa respiration se faisait plus lourde.

« Je me demande si vous pourriez le surpasser dans d'autres domaines. »

Et elle baissa les yeux vers sa braguette qui n'en finissait plus de gonfler. La perche était bien tendue. Pour plus de sécurité, il se dépêcha d'enclencher le code qui désactivait toutes les fonctions de la navette, notamment la caméra de surveillance, et il verrouilla.

« Une démonstration pourrait peut-être vous en convaincre ? demanda-t-il alors qu'elle approchait ses lèvres pulpeuses des lèvres sèches de Théo, et il ne recula pas.

– Peut-être... », susurra-t-elle.

Malgré sa méfiance, Théo se livra au maléfice. Il

comptait en profiter sans céder aux caprices de sa ravissante séductrice.

Il colla ses lèvres aux siennes et pressa sur la touche qui le débarrassait de son uniforme, avant de la saisir par la taille, de sentir enfin sous ses doigts la peau douce et glacée, et d'un mouvement puissant des bras, il la hissa à hauteur suffisante pour la reposer face à lui sur ses cuisses dénudées. Tout en violentant la bouche offerte de sa langue ivre, il attrapa dans chaque main les seins d'Élena et les malaxa pour apprécier leur rondeur et leur élasticité. Élena gémissait, et se mit à lui lécher les lèvres, le menton, descendit jusqu'au cou, le mordilla. Théo sentait sur sa peau le sexe d'Élena qui frottait contre sa cuisse humide. Le liquide chaud se propageait, le sexe d'Élena badigeonnait sa cuisse. Il la saisit de nouveau, et elle souleva ses flancs, sur la pointe des pieds, prête à s'estourbir sur son sexe dru. Il tâta ses fesses de ses doigts agiles jusqu'à caresser les plis humides et chauds de sa vulve, puis il y plaça le bout de son pénis, avant de l'attirer à lui pour qu'elle s'y enfourche. Perforée, elle poussa un cri plus long et plus aigü, alors que sa vulve engloutissait le sexe de Théo. Il mordit dans son sein, ouvrit un œil et aperçut une cicatrice. *Borja !* eut-il à peine le temps de penser. Pendant qu'elle recommençait à le supplier de parler à son père, tout en gémissant de plaisir, elle se cambra pour s'accouder sur le tableau de bord, et pour le laisser la pénétrer au plus profond d'elle-même. Pour plus d'aisance, Théo s'était redressé tout en soulevant les fesses d'Élena dont le corps était désormais à son horizontale. Il donnait de furieux coups de reins, et elle agonisait le dos cognant contre le tableau de bord. Ses mains aveugles tentaient de prendre prise à des manettes quelconques pour garder un équilibre, une maîtrise quelconque dans cette tempête. Théo la poussa plus loin sur les commandes, pour ne plus supporter le poids de ses hanches, et d'une main libérée, il lui agrippa les seins, remonta jusqu'à la bouche d'Élena pour qu'elle suce et morde les doigts qui dégoulinaient de son propre plaisir. Elle s'empara de la main de Théo pour la guider sur les parties de son corps qui demandaient à être caressées, frottées, pétries. Sans qu'il s'en rende compte, Élena écarta la main de Théo de la surface de son corps, la faisant déborder de son sein, pour la passer devant l'identificateur tactile qui réactivait les commandes du vaisseau. Elle seule put s'apercevoir que le voyant jaune, au-dessus de la tête de Théo, concentré, s'était éteint. La caméra se réenclencha. Alors qu'il venait de la retourner, et qu'elle se présentait cul à lui, pour qu'il la prenne, les fesses dodues écartées et cognant contre ses flancs, elle referma la mâchoire sur un manche de commande, et elle profita des mouvements de va-et-vient. Il la faisait gigoter sur son sexe comme un piston bien huilé. Elle serra les dents sur le levier et le tira avec elle en arrière. Le sas s'était ouvert et ses complices pouvaient à présent entrer, neutraliser les gardes et libérer son père.

Alors qu'elle s'apprêtait à jouir pour la seconde fois, elle ressentit les vibrations de son bracelet qui lui signalaient que l'opération était achevée. Certainement pas pour elle ! Elle n'était pas repue ! Elle s'était retournée face à lui, et il pouvait à présent enfoncer la langue dans sa bouche tout en continuant à la pilonner. Après quelques minutes de ce régime, elle ne put distinguer ses propres cris qui annonçaient son extase, et elle profita d'un dernier spasme pour planter dans le cou de son partenaire un somnifère, alors qu'il jouissait en elle au même moment. Elle se sentait enfin contentée.

« Démonstration convaincante », reconnut-elle alors qu'il dormait déjà, écroulé sur le sol.

11

L'autre plan

« Dans la vie, nous combinons un plan ; mais celui-ci reste subordonné à ce qu'il plaira de faire au sort. »

Schopenhauer, *Aphorismes sur la sagesse dans la vie*

Généton, 12 janvier 2041

Tolstoï s'assit rituellement sur ses pattes de derrière : il attendait qu'on le flatte. Stanislas, perturbé par la lumière glauque qui venait d'envahir le laboratoire, se retourna vers le labrador pour le chasser. Finalement, il soupira de lassitude, et profita de cette distraction pour s'offrir quelques minutes de répit. Son inspection minutieuse des brins d'ADN pouvait bien attendre quelques instants ! Il abandonna son microscope quantique et s'affala au fond de son siège rembourré. Il posa les doigts sur ses paupières pour les refermer, puis massa ses tempes d'un mouvement circulaire. Enfin il s'administra une série de claques sur les deux joues. *Paf ! Paf ! Paf ! Paf ! Paf !* Il se sentait revigoré.

« Mon pauvre Tolstoï, ta sécrétion de protéines vert-fluo s'affole de nouveau. Si ta mère te voyait !

Enfin bon, Lili, quand elle était petite, pensait que tu serais plus rigolo comme ça ! L'erreur, c'est que je n'aurais jamais dû t'implanter ces gènes de méduses moi-même. Quand les manipulations sont trop simples, je ne les réussis jamais ! Mais faire appel à *Animaux et Fantaisie*, ça nous aurait coûté une vraie fortune, mon pauvre !

– Ouaououf ! Waw ouf ! Woufwouf ! » aboya le labrador piteusement mais sans rancune. D'après le code de langage complexe qu'il lui avait patiemment inculqué, Stanislas perçut le message général dans l'articulation et les modulations d'intonations de son fidèle compagnon. Tolstoï lui signifiait que chaque existence n'était pas à l'abri des décisions des tiers, surtout les plus mauvaises, et qu'il avait appris à l'accepter.

Le vieil homme repassa sa main tachetée par les ans dans le poil fluorescent qui avait pris le dessus sur les lampes de la pièce, conférant à la salle une atmosphère fantasmagorique. Les teintes nuancées des tubes à essai qui parsemaient les tables de céramique s'étaient appauvries pour ne laisser que des dégradés allant du vert au noir.

Stanislas se mit sur ses jambes, le temps pour ses bras flasques qui grelottaient sous l'effort, de prendre appui sur les accoudoirs. Collée contre le bord de la table, une vieille canne au pommeau nacré, dès qu'il fit mine de l'effleurer, glissa sournoisement jusqu'à terre. Tolstoï leva le museau, le bois entre les crocs.

« Merci mon vieux ! Tu sais, je vais finir par m'amputer les jambes pour me greffer des prothèses électroniques une fois pour toutes !

– Whaou. »

Stanislas, à son allure, rejoignit tant bien que mal le bureau en retrait dans un coin du laboratoire. Il retira du second tiroir un sachet de poudre fine, et versa son contenu dans une capsule ronde, ajoutant de l'eau en parallèle. Il inséra la recharge dans un pistolet-seringue, et mit en joue son ami chien qui le dévisageait, immobile, quelques mètres plus loin. Il fallait que sa main s'arrête de trembler, un instant, un instant seulement. Floc ! Il fit mouche, au bas du cou. Le Labrador sursauta dans un jappement de douleur, avant de s'allonger pour une longue sieste. D'ici peu, sa sécrétion de GPR irait decrescendo et la pièce retrouverait ses couleurs normales.

Lorsque Stanislas revint à son ordinateur, Lili affichait un visage crispé dans une fenêtre découpée sur le haut du mur écran.

« Nous avons retrouvé la navette », annonça Lili, puis ses yeux s'arrêtèrent sur Tolstoï. Elle fronça les sourcils.

« J'ai l'impression que Tolstoï nous fait encore une petit crise ?

– Ne t'inquiète pas ! Je lui ai administré son traitement. Continue !

– La navette était abandonnée quelque part dans la réserve loin du secteur sept. J'ai visionné la bande vidéo, et notamment les faits de service de l'agent Théo Rohan. Je vous confirme qu'Élena a réussi à tromper sa vigilance et à faire évader son père.

– Déjà ? Je n'étais pas sûr que ça réussirait. Elle s'est bien rendue sur le secteur sept alors ?

– Oui. Elle savait apparemment où la navette devait les déposer.

– Elle a dû retrouver de vieux souvenirs, des souvenirs qu'elle n'aurait pas pensé avoir vécus, ajouta-t-il mystérieux. Ce Théo est diablement efficace, dis-moi ! J'avais peur qu'il soit trop fiable ! Ton frère l'a admirablement jugé. Il m'avait certifié qu'on pouvait compter sur lui !

– En effet, père ! » répondit-elle sans être sûre de bien comprendre ce discours contradictoire, un de ceux dont raffolait Stanislas. Sa rhétorique déstabilisait ses interlocuteurs, et lui conférait une position de force puisqu'il semblait être le seul à comprendre et à maîtriser les événements.

« Pourtant je vous assure qu'il nous a fait une très belle prestation de son talent, ajouta-t-elle de façon toute aussi paradoxale !

– Bon ! À partir de maintenant, tu vas te rendre au Zoo dans la salle des caméras, et suivre ce Théo partout où il ira !

– J'ai déjà pris l'initiative de me procurer une caméra et de voir où il en était.

– Brave Lili !

– C'était facile de le retrouver avec l'émetteur. Un instant, je vous transmets l'image. »

Lili pressa la touche qui actionnait la caméra à infrarouge déplacée dans le secteur sept, et un décor glacé assombrit l'écran.

Bitume et désolation. Et puis il y avait cette silhouette qu'ils ne tardèrent pas à identifier.

Des papiers tournoyaient dans le vent polaire d'une banlieue sinistrée depuis des lustres ; aujourd'hui zone carcérale. Ils purent admirer l'agent Théo, recroquevillé près d'une benne qui n'avait pas été vidée depuis le grand dépeuplement, enfoui sous un amoncellement de journaux et de détritus... En hibernation. Le secteur couvrait un quartier spécialement glacial de la réserve, surtout en cette période de l'année.

« Il ne bouge pas. Croyez-vous qu'il vit encore ?

– Allons ! Comment se serait-il recouvert de toute cette paperasse infecte ?

– Vous avez raison, père !

– Allons, jeune fille, vous m'avez habitué à bien mieux que ça !

– C'est que je suis sur les nerfs depuis quelque temps, père. J'appréhende un nouvel échec ? Et ce scénario que vous aviez concocté, c'est un beau gâchis !

– Allons, ma bonne Lili, tu es trop candide !

– Que voulez-vous dire ? Vous aviez prévu l'évasion ?

– Presque commandée, Lili, presque commandée. En tout cas, la situation n'est pas aussi désespérée que tu l'imagines !

– Que comptez-vous faire ? Je pense que cet incapable doit être aussi nu que lorsque je l'ai quitté. Il ne tiendra plus longtemps.

– De toute manière, il faut qu'il la retrouve ! Ensuite, il y a plusieurs manières de procéder... Tu vas prendre contact avec lui à l'aide de ta caméra, et lui ordonner de taire son identité.

– Mais... Bien, père.

– Quelqu'un va bientôt venir le chercher. Il faudra que Théo le suive, même s'il ne comprend rien. Il ne doit rien dire, ni rien dévoiler de son identité, je le répète. Nous enverrons une troupe une fois qu'il sera arrivé sur place !

– Bien, père.

– Au fait, Élena est-elle encore en relation avec Borja ? demanda Stanislas, sautant du coq à l'âne.

– Il m'a dit qu'il avait réussi à la contacter le jour même de l'arrestation de Léonard.

– Bien ! Ça ne m'étonne pas vu les présents événements... J'avais justement donné des ordres à Borja à ce sujet. »

Stanislas se tut un instant, en proie à une intense réflexion. Il continua à interroger sa fille qui répondait sagement sans demander d'explications.

« Tu m'as dit qu'elle était toujours aussi torturée la petite Élena, n'est-ce pas ?

– Elle est partagée entre tout ce que lui a inculqué son père et son amour pour Borja. Elle a du mal à accepter que l'homme qu'elle aime et connaît depuis toujours, soit un eugénique, et que son père lutte pour que de tels êtres ne voient jamais le jour. Ça passait encore quand nous étions jeunes, mais depuis ces dix dernières années, c'est-à-dire depuis Eugenos, et l'opposition farouche de Léonard à votre politique, c'est devenu encore plus difficile.

– Très bien ! On va l'aider à accepter l'idée que Borja est eugénique, et bien plus encore, cette petite. On va sauver son couple, tu vas voir ! Je suis vraiment un type épatant ! Il n'y a que Léonard finalement, qui ne s'en rend pas compte ! Bon ! Il faut que Borja arrive à la revoir et à l'amener à Généton. Enfin pas tout de suite... Entre-temps, il doit tenter de la reconquérir.

– Je ne vois pas comment ! Après sa trahison...

– Qu'il maintienne au moins le contact avec elle. On verra bien ! »

12

Le géant

« Ne me traitez jamais d'abruti ou je vous ... »
J. Cleese, C. Crichton,
Un poisson nommé Wanda

« Il y a des rencontres à éviter, je t'assure !
C'est vrai ?
Carrément.
Tu déconnes !
Pas du tout. »

Collectif d'anonymes,
Il y a et il n'y a pas

La réserve du Zoo, 12 janvier 2041

Lorsque Théo émergea, il reposait seul et nu, au milieu d'une rue déserte, sans autre éclairage qu'un timide reflet de lune. À la morsure du froid, s'ajouta une douleur aiguë à la fesse droite dès qu'il s'essaya au premier mouvement. Un éclat de verre venait de l'investir. *Elle est douée la garce ! Elle aurait pu me laisser une combinaison. Elle savait à quel point on se les pèle à poils dehors !*

Théo, en se relevant sur les coudes, tourna la tête de gauche à droite et constata la désolation du paysage. Il aperçut l'enseigne d'une école désaffectée perdue au milieu d'une rangée de boutiques commerçantes d'un autre âge. Elles avaient dû offrir tous les services nécessaires aux malades de l'époque : coiffeur, boucher, épicier, serrurier, traiteur chinois, pizzeria... Un vrai village ! Des pancartes se balançaient lentement, aux caresses d'une bise de janvier.

Frigorifié, il se précipita vers l'école sur la pointe des pieds pour éviter de se blesser de nouveau. Derrière la vitre fêlée de l'atrium, une sorte de palais baroque miniature avec des dômes dorés, reproduction d'un monument russe ou polonais, tombait en ruine. Il pénétra dans le premier bureau poussiéreux, à côté d'une salle remplie de sièges boiteux où l'on devait faire classe autrefois. Des vieilleries, objets multiformes, incapables de se souvenir de leur destination, et des livres épars qui traînaient de ci de là, tombés d'étagères pourries : des livres polonais en polonais, des livres d'auteurs russes traduits, des traductions d'ouvrages célèbres du français en langues étrangères, et d'autres combinaisons. En plus d'un service administratif, cette pièce servait sans aucun doute de dépôt pour la restitution des livres empruntés à la bibliothèque.

Théo porta son regard vers un agrandissement cloué au mur qui représentait deux adolescents enjoués entourant deux vieux messieurs. Tout ce beau monde bras dessus, bras dessous. *Bon sang ! Qu'est-ce que c'est que cette embrouille ? Il se fout vraiment de moi ce vieux serpent ! Je savais qu'ils se connaissaient, mais à ce point !* Léonard et Stanislas, avec ce regard encore clair et riant, qui n'appartient qu'aux jeunes gens à l'avenir riche de promesses, arboraient des airs réjouis et moqueurs qui contrastaient avec les visages fermés de leurs paternels. Sur une autre photo, une jeune fille qui ressemblait étrangement à Élena, souriait douloureusement, le ventre gros. Elle posait, entourée d'une classe d'enfants génétiquement malades, devant l'école encore neuve. Son regard avait l'air perdu, son esprit, ailleurs.

Théo abandonna l'idée d'emporter la photo, manque de poches. Des marques rectangulaires sur le mur sale révélaient que certaines d'entre elles avaient été récemment décrochées. À ses pieds, Théo découvrit une trace de botte familière. *Un uniforme de l'ODIN ! Élena a dû explorer le secteur avant mon arrivée et tomber sur les photos de ses parents !* Des livres, des monceaux de livres, de la poussière de livre, pas le moindre bout de tissu pour servir de vêtement ! Les gerçures commençaient à bleuir le bout de ses doigts, et ses gestes se faisaient de plus en plus lents. La vitre brisée ne lui permettait pas même de se protéger du vent. Il se résigna à se livrer à la nuit pâle, profitant de ses dernières forces, pour trouver de quoi se recouvrir.

« Hé *man*, tu te lèves ou faut que je te trimballe sur le dos ? »

Le géant noir taillé pour établir un nouveau record d'haltérophilie, donna un second coup de pied dans le tas recouvert de vieux journaux du début du siècle, qui aurait fait le bonheur de plus d'un collectionneur. Si ce n'était la secousse qui lui donnait une apparence de vie, le corps de Théo ne répondait pas. L'hercule plia sa masse et le ramassa en le tirant par les cheveux à l'aide de sa poignée droite. Il le décolla du sol jusqu'à ce que sa tête soit face à la sienne, et l'examina. Tout autour, les derniers haillons de papier l'abandonnaient pour tourbillonner dans un ballet aérien.

« Hep, c'est pas l'heure de dormir ? Tu sais que t'es mignon tout plein ! » lui confia-t-il affectueusement.

Théo ne réagissait toujours pas. Le géant puisa dans une réserve importante au fond de ses poumons avant de lâcher un échantillon de sirocco sur le visage figé de Théo, tel un bœuf soufflant sur l'enfant divin. Tressaillement signalé sur une pommette ! Ça sentait le printemps. Ce n'était pas assez ! Il résolut d'utiliser une technique similaire mais administrée différemment. Il s'assit sur la dernière planche d'un banc qui pourrissait quelques mètres plus loin, posa Théo à l'horizontale sur ses genoux, débloqua la mâchoire tétanisée pour lui entrouvrir les lèvres, et après une profonde inspiration, il lui offrit le baiser de la vie.

« Salut... ! Tu me reconnais ?

– Je-eu...

– Moi aussi je te connais, et j'ai envie de mordre à pleines dents dans ta jolie peau de blanc.

– Je eu eu je eu eu je eu eu... » Théo peinait à trouver les mots de la reconnaissance. Il bégayait comme à son premier béguin. Peut-être le froid, peut-être l'émotion, peut-être les vibrations. Il implora :

« Pou pou pourriez-vous ar-ar-arrêter de m'ar-ar-arracher les poils du torse, put-il enfin prononcer d'une voix faible et givrée.

– Eh ben, t'es une p'tite nature ! Je te frictionne un peu pour réanimer ta petite carcasse ! Et parce que je suis content et que je t'aime.

– Pourriez-vous vous vous être un un peu moins vigouggoureux pour m'év-éviter l'épil-épilation complèplète ?

– Voilà, voilà, c'est fini. Tiens ! enfile ça, dit-il en le recouvrant de son blouson, il faut me suivre, il faut me suivre ! Tu as l'air jeune..., et le géant le dévisageait, c'est beau la science... c'est beau comme tout. Elle nous a fait des misères, mais y a pas à dire, c'est beau comme tout.

– Je vous prie de me lâcher ! Tu vas me la lâcher sale tap ! » hurla-t-il du mieux qu'il put et il brisa sa voix. Mais il eut le temps de faire son effet. Le géant avait l'air surpris.

« Tu ne m'as jamais parlé comme ça ! »

Après l'avoir enfoui dans son vaste blouson en cuir dont il s'était débarrassé, le géant plia Théo pour l'emmener comme un tapis, en le posant sur son épaule, le torse et les bras pendus dans son dos, et les jambes se balançant devant, le tout retenu par son bras.

« En fait, je crois que je ne te reconnais pas du tout ! avoua le géant. Avec toute cette chirurgie et ces traitements ! C'est quand même beau la science, t'as la vie éternelle toi au moins, je pensais pas qu'on en était là, mais bon t'es tellement savant, t'en as plein la têtouille hein, p'tit génie, c'est elle qui va être contente ! Oh oui, très contente, oh oui. »

Théo se demandait à quel clan du Zoo il pouvait bien appartenir : les mutants, les zards ou les tueurs. Au vu de son gigantisme, il le classa dans la première catégorie. Au lieu de se relever jusqu'à l'oreille de son nouvel ami, pour susurrer qu'il n'avait jamais eu recours à la chirurgie, et qu'il y avait vraisemblablement malentendu, Théo, agacé par la manière dont il était infantilisé, opta pour une autre solution... Provocatrice... Et suicidaire...

« Dites-moi, vous seriez pas un peu demeuré ? »

Il obtint un sourire du grand noir qui, après l'avoir passé devant lui, en le tenant par le col du blouson, lui déposa une bise bruyante sur la joue, remonta jusqu'à un lobe en le caressant du bout de ses lèvres lippues. Il lui chuchota tendrement en réchauffant ses oreilles.

« T'es chou, t'es chou comme tout ! Demeuré, hein ? C'est ça ? Jamais je n'aurais cru que tu me parles un jour comme ça ! Tu es devenu comme les autres ! Tu veux une leçon, c'est ça ? » le menaça-t-il tendrement.

Théo entendait sa respiration puis soudain, le géant ouvrit grand sa bouche immense et planta ses dents dans le lobe de Théo, avant de l'arracher. Théo se débattit tant qu'il put, alors que son sauveur continuait sa route en mâchonnant, et en lui collant des trempes de temps à autre pour le corriger. Trop occupé à trouver le moyen de se tirer de ce mauvais pas, tâtant son reste d'oreille, incrédule, Théo ne s'aperçut pas qu'une caméra mobile les filait de près. Elle n'osait pas l'aborder, semblait-il, et il valait mieux pour ses boulons.

13

Entrevue avec le ministre

« Ainsi nos Princes d'Italie, qui possédaient leurs États depuis tant d'années, ne doivent point accuser la Fortune de la perte qu'ils en ont faite, mais seulement leur imprudence. »

Machiavel, *Le Prince*

« Outre les raisons que nous en avons apportées, le caractère des peuples est mobile, facile à entraîner vers une opinion, mais il est difficile de l'y maintenir. Il faut que les dispositions à son égard soient tellement prises, qu'au moment où il ne croit plus, on puisse le forcer à croire. »

Machiavel, *Le Prince*

« Les hommes sont des dieux mortels et les dieux sont des hommes immortels. »

Édouard Schuré,
Les Grands Initiés

Généton, 12 janvier 2041

Stanislas, suivi de Tolstoï, s'installa sur le tapis roulant qui longeait les murs de toutes les pièces. Il programma la commande attachée à la main courante pour se rendre à la salle de projection holographique. Il était temps de rendre compte. Il traversa quelques laboratoires en enfilade, avant de pénétrer dans une chambre plongée dans l'obscurité. Sans un regard, sans une hésitation, il pressa sur un interrupteur perdu dans les ténèbres qui ne réagissait qu'au contact de son doigt, et un losange s'illumina au sol. Un ronronnement diffus signalait que le système s'éveillait. Des meurtrières, situées à des intervalles réguliers le long des murs, s'embrasaient prêtes à cracher leurs flammes, et trahissaient la forme circulaire de la pièce. Stanislas descendit du tapis roulant qui s'arrêtait au seuil de la porte et se dirigea vers la scène de reproduction holographique de son pas sénile. Dès qu'il posa sa canne sur la première dalle rétro-éclairée, une voix douce et féminine l'invita à préciser la destination de son correspondant.

« Bonsoir Stanislas, qui comptez-vous contacter ?

– Code 13 32 3.

– J'allais vous le suggérer. Vous êtes ponctuel. Nos statistiques ont recensé que vous demandiez ce numéro de manière systématique chaque mardi à dix-sept heures, et ce, depuis cinq semaines.

– Bien vu ! On est repéré, répondit-il avec lassitude, nullement intéressé par ce commentaire d'automate superflu, il est grand temps de changer nos habitudes. Voulez-vous lancer la communication s'il vous plaît ? » L'ordinateur transmit le signal d'appel alors que Stanislas se plaçait au milieu du losange lumineux formé par les neuf dalles.

Le sol s'était fendu sur un côté du losange et une fenêtre s'éleva devant Stanislas. Incrusté dans le mur opposé, un canon au diamètre d'un poing, fit feu. Le laser se découpla en deux rayons. Le rayon de référence vint frapper directement la plaque à hologramme, alors que le second jet de lumière était projeté sur Stanislas pour capturer l'intensité et les phases de chacun des points de son image, sous forme d'interférences reproduites sur la plaque. Au bout de la pièce, un deuxième losange lumineux se dessina au sol, et une autre fenêtre émergea à son extrémité. Un laser, issu d'un canon situé à l'opposé du premier, vint frapper le panneau pour matérialiser le correspondant.

La silhouette d'abord fantomatique, évolua rapidement jusqu'à donner l'illusion d'une présence. Un homme grisonnant, aux traits aiguisés et au regard tendu, attendait que son image se fixe avant de prendre la parole. Il entra immédiatement dans le vif du sujet. Le ministre Lorentz semblait extrêmement préoccupé.

« Alors Stanislas, comment se passent nos petites affaires ? Votre plan a-t-il fonctionné ?

– D'une certaine manière, monsieur... C'est en cours.

– Je suis très pressé, Stanislas ! Nous subissons en ce moment une forte pression du Parlement ! Tous les groupes de gauche se sont ligués. Ils sont en train de préparer une procédure d'empêchement à mon encontre en se fondant sur de vieilles histoires vaseuses, mais leur dossier, dieu sait comment, semble solide.

– Vous parlez peut-être de mes recherches illégales que vous aviez subventionnées à l'époque ?

– Je vous prie de vous taire ! Sachez que jamais je n'apporterai foi à de telles insinuations.

– Évidemment, évidemment..., acquiesça Stanislas, et pour lui blanchir quelques cheveux, il révéla, taquin :

» À vous dire la vérité, Lorentz, Léonard s'est encore échappé ! » Stanislas réussit son effet mieux qu'il n'espérait. Le ministre avait l'air abasourdi. *Si je continue, il va pleurer !* s'amusa Stanislas, en son for intérieur.

« Co-comment ? réussit finalement à prononcer Lorentz.

– Ne vous inquiétez pas ! C'était prévu. » Stanislas ne souhaitait pas non plus trop l'alarmer, de peur qu'il ne prenne des dispositions pour fuir le pays. Ils travaillaient malgré tout dans un intérêt commun. Le ministre, à peine rasséréné, l'interrogea en restant sur ses gardes :

« Ah ! Que voulez-vous dire ?

– J'ai la situation en main.

– Bon, c'est déjà ça ! Et l'étude des échantillons d'ADN, vous ont-ils révélé quelque chose ? se reprit Lorentz, déjà moins déstabilisé.

– Il ne me reste que des échantillons de rats que j'étudie depuis des jours, mais à ce rythme, il me faudra encore une dizaine d'années avant de rattraper Léonard. Il est le seul à pouvoir nous fournir la solution rapidement.

– Je n'ai pas dix ans, mais j'ai peut-être dix jours. Dépêchez-vous, je vous en prie, Stanislas ! Depuis que nous avons perdu le ministère de la Défense, notre position s'est encore fragilisée. L'éclatement de la majorité est peut-être pour bientôt. Sachez que je ne peux plus mettre à votre service les agents de l'ODIN. Il faut faire vite et peut-être commencer à agir par des voies un peu plus, un peu moins, enfin vous voyez...

– Des voies moins conventionnelles !

– Puisque nous nous comprenons... Pas un mot ! le menaça-t-il du doigt, que comptez-vous faire sérieusement concernant Léonard ? Quel est votre plan ?

– Mon fils, Borja.

– Oui ! Eh bien ? s'impatientait le ministre.

– Eh bien figurez-vous qu'il a conquis le cœur d'une certaine personne relativement proche de Léonard.

– Qui ?

– Élena. Sa fille unique.

– Votre nièce ? Mais est-ce que ce n'est pas la cousine de votre fils ? déduisit très justement le ministre.

– Vu comme ça certes, c'est une définition exacte ! Mais ce n'est pas génétiquement mon vrai fils. » Le ministre leva les yeux au ciel. Il ne voulait pas rentrer dans les détails. Il voulait connaître le fin mot de l'histoire.

« Décidément, j'ai cru comprendre que c'était une longue histoire de famille entre vous. Et alors, comment comptez vous abattre cette carte ?

– Il faut gagner la fille à notre cause.

– Supposons que vous réussissiez, et après ?

– Si nous contrôlons Élena, ça nous facilitera considérablement la capture de Léonard, et surtout, sa collaboration... Nous avons imaginé un petit scénario qui ne manquera pas de faire son effet, voyez-vous ?

– Bon, écoutez ! répondit Lorentz qui ne voyait rien du tout, débrouillez-vous comme bon vous semble ! Ce qui m'importe, c'est de faire vite ! Quand pensez-vous être en mesure de produire de l'ADN humain immortel ?

– Dès qu'il sera passé de notre côté.

– Mouais, pas demain la veille...

– Ça peut aller très vite.

– Mouais... Vous avez sans doute raison. Il faut qu'il soit dans notre camp de toute manière. Si l'opinion sait que les résultats sont exploités contre son gré, elle finira par nous pousser dans le fossé. Avec lui, on pourra peut-être l'emporter ! Bon, vous avez compris, Stanislas ? J'ai besoin avant tout d'actes concrets, sinon la coalition rouge va définitivement nous renverser ! Et pour longtemps ! »

Le ministre se caressa le menton, le temps d'imaginer un plan d'action pour la suite des événements. Encore une fois, il n'arrivait qu'à une conclusion : ils devaient agir très vite, s'ils voulaient mettre fin aux critiques virulentes de l'opposition. En possession d'un tel pouvoir, le ministre Lorentz regagnerait les faveurs de l'opinion, et il ne leur laisserait plus la moindre chance de l'abandonner. Pour le moment, l'inquiétude prenait le pas sur la jubilation causée par ces victoires hypothétiques. *Quand je pense que je les ai laissés revenir peu à peu au pouvoir ! Mais quel con !* Il s'en voulait tant qu'il partagea son sentiment avec Stanislas.

« Savez-vous que certains députés se permettent en pleine séance de me traiter de fasciste sournois qui met en danger la démocratie ! Je ne vois pas comment on peut avancer de tels arguments, alors que j'ai laissé ces imbéciles venir recoller leurs fesses sur les bancs de l'assemblée.

– Je pense qu'il y a un point de votre programme qui leur a toujours paru sulfureux, et que nous connaissons bien. Il a malheureusement été colporté par la rumeur.

– Ces procès d'intention ne viennent pas non plus de ma politique de santé publique, continua-t-il sans écouter Stanislas, elle a suscité des polémiques houleuses, alors que l'on peut maintenant en constater le bienfait. Nous avons fait un boulot formidable grâce à vos techniques d'optimisation génique, Stanislas. On améliore l'humanité, et eux, enfin vous les connaissez, leurs vaines arguties. »

Stanislas allait le reprendre, mais le ministre le devança.

« Oui, je sais ! Des rumeurs plus graves, des fuites qui ne pourraient venir que de votre service, à vous dire la vérité. Vous êtes non seulement les seuls à travailler sur cette activité, mais aussi les seuls à en connaître les secrets, et savoir quels sont ses aboutissements !

– C'est possible, consentit Stanislas.

– Nous mettrons des années avant de leur faire accepter l'idée de l'élimination des faibles. Mais c'est le sens de l'histoire. Si nous arrivons à acquérir l'immortalité, ils devront bien s'y résoudre. Ils comprendront... L'homme est un dieu déchu qui repasse toutes les étapes de l'évolution pour accéder de nouveau à la divinité, Stanislas, et nous y sommes presque ! Avant d'en arriver là, il faut bien se débarrasser des cas désespérés... C'est évident ! Sans parler des habitants du Zoo. Mais pour ceux-là, notre campagne semble efficace.

– En tout cas la rumeur circule vite, s'amplifie, et nous dessert énormément !

– Eh bien qu'attendez-vous pour débusquer la taupe, puisque ma révélation n'a pas l'air de vous choquer outre mesure ? Je vais finir par croire que c'est vous qui êtes à l'origine de tout ça !

– J'espère la coincer bientôt... ou pas. »

Le ministre l'observait sans comprendre. Stanislas afficha une mine embarrassée et baissa les yeux.

14

Contact avec les mutants

« Parc'qu'c'est une nuit effrayanananante, une nuit ef-frai-yante ! »

Mickael Jackson, *Thriller*

« Le cerveau, on veut aspirer du cerveau, ouais, c'est ça qu'on veut ! »

Dialogues approximatifs tirés du film « Le retour des morts vivants »

La réserve du Zoo, 12 janvier 2041

« Alors, on s'est calmé ? On arrête de dire des méchancetés ?

–...

– Boudouboudoubou...

–...

– Il a mal ? Il a bobo ? Il est malheureux ? Il est pas content ? boudoubou, boudou », répétait inlassablement le colosse depuis le début de leur expédition, alors que Théo reposait sur son épaule, inerte.

Après s'être dépensé en vociférations, Théo s'était retranché dans un mutisme résigné. Il ne sentait plus la douleur dans ce qui lui restait d'oreille. Le froid avait cet avantage. Trop faible, il se laissait porter par son tortionnaire vers dieu sait quelle destination, par les boulevards dévastés d'une ville morte. Parfois, une âme perdue apparaissait à proximité avant de se réfugier dans quelque cloaque dès qu'elle les repérait. L'engourdissement, l'énergie dépensée en hurlements de colère et de douleur, le pas rythmé de son kidnappeur, et la mélancolie qu'inspirait ce décor gris et glacé, contribuaient à alourdir ses paupières, jusqu'à ce qu'il trouve refuge dans un sommeil libérateur.

Il reprit brutalement ses esprits alors qu'il était propulsé, tête la première, contre le capot d'une voiture antique. Il enfonça la tôle avec son crâne. Sa colossale monture venait de se prendre les pieds dans une corde tendue à hauteur des chevilles. Quatre mutants armés d'ustensiles de mécanique, allant du cric au pied de biche, se jetèrent sur eux pour les rouer de coups.

« Salut mon pote ! Alors on dit pas bonjour aux copains ? lança un drôle d'oiseau au plumage rare et inégalement réparti, alors que le géant au sol tournait la tête vers le monstre pour apprécier la situation.

– Je vais t'apprendre à jouer avec mon plumage ! » déclara l'être inquiétant, sans doute issu d'un croisement insensé avec un volatile...

L'agitation entraîna un regroupement des caméras que manœuvraient des utilisateurs, depuis la salle de contrôle du Zoo. Trop heureux d'assister à un tel spectacle, les visiteurs qui les avaient repérés signalèrent l'emplacement à leur entourage, et bientôt un cercle de caméras se forma autour des combattants.

Au milieu, les agresseurs s'en donnaient à cœur joie. Le plus petit d'entre eux, l'emplumé aux serres acérées, enfourcha le géant allongé sur le ventre, et lui lacéra la gorge. Un autre, au bras anormalement allongé, prolongé d'une barre de fer, vint se joindre au vautour, et tenta de clouer le crâne du géant dans le bitume. Le pilonneur cogna une fois, deux fois, et la tête commençait à s'enfoncer dans le sol, jusqu'à ce que, d'un retour trop fougueux, il défonce la mâchoire de son collègue emplumé, qui se tenait à cheval sur le géant pour l'égorger. L'oiseau, sous le choc, décolla pour un petit vol plané, et atterrit sur une caméra qu'il écrabouilla quelques mètres plus loin. Un spectateur de plus qui passerait à la caisse ! Pour éviter le remboursement de ces merveilles de technologie, ses voisins écartèrent promptement leurs caméras mobiles, et cherchèrent une place moins exposée pour assister à la suite du combat.

À côté, un monstre bicéphale examinait de quatre yeux attentifs la dentition de Théo, à l'aide d'un pied de biche, qu'il avait profondément enfoncé dans sa gorge. Quelques dents y passèrent.

Enfin le géant sortit de sa stupeur, en arrachant sa tête plantée dans le sol, et lança les premières mesures de représailles. Il se releva sans tenir compte du mutant qui lui assenait de nouveaux coups de marteau, et s'en alla secourir son protégé. Il fit ce qu'il y avait de mieux à faire. Il enfonça ses deux mains dans les deux chevelures de la bête à deux têtes, avant de les entrechoquer avec brutalité. Le mutant lâcha le pied de biche que Théo put enfin sortir de sa bouche ensanglantée. Le géant n'en avait pas fini, loin s'en faut ! Il recherchait maintenant le responsable du guet-apens. Il se précipita vers l'oiseau qui lui avait affectueusement étreint la gorge et qui se remettait de son atterrissage au milieu des débris de caméra.

« Ptero ! Cette fois, je vais finir de te plumer avec les dents, saloperie de volatile.

– Whouâ, couâ, couâ », croassa la saloperie prise de panique.

Le géant se jeta sur l'homme-vautour avec une aisance de rugbyman pour le plaquer à terre. Il parvint à peine à lui agripper les pattes, alors que ce dernier agitait furieusement les ailes pour décoller. Le géant devait le contraindre à redescendre. L'homme-oiseau, à grands coups d'ailes, tentait d'échapper à l'emprise du colosse, mais il n'arrivait qu'à dépenser vainement son énergie, en traînant la masse noire sur quelques mètres, alors que les mains du géant l'une après l'autre s'approchaient inévitablement des premières plumes de son arrière-train.

Le troisième mutant qui avait le bras indiscutablement long, mais qui manquait d'adresse, encore un peu contrarié d'avoir lifté son confrère en dehors de la zone de combat, n'en finissait plus d'analyser la situation. Indemne pour le moment, néanmoins circonspect, il ne bougeait pas. Une crise de confiance qu'il paya au prix fort... Théo jugea que malgré ses extensions, ce petit gabarit lui donnait quelques chances de déchaîner une haine refoulée. Après avoir laissé une oreille, il venait de perdre plusieurs dents, alors il laissa libre cours à toute la violence de l'art martial enseigné par Maître Chen au cours de sa formation d'Aigle. C'était bien assez pour affronter ces vautours ! Il commença par se débarrasser de sa pelisse pour retrouver sa nudité originelle, à l'aise, libre dans ses mouvements. Le mutant aux longs bras constata que cette bouche écumante de sang, et que ces yeux exorbités manquaient totalement de sérénité. *Va-t-il m'attaquer ? Va-t-il m'attaquer ? Va-t-il m'attaquer ?* pensa-t-il sottement. L'attaquer ? Quelle drôle d'idée ! Il n'était plus temps de penser, il était temps de se défendre... Et il n'était déjà plus temps de se défendre... Alors qu'il brandissait son cric en fouettant l'air de temps à autre, l'autre bras tendu pour garder Théo à bonne distance, voilà que ce dernier attrapa l'arme métallique d'une main de fer, et, d'une vrille bien exécutée, donna de l'élan à sa jambe armée. Le coup de pied retourné fit mouche en pleine face, et étala l'homme au bras long et aux idées courtes.

Et là, Théo avait un homme à sa merci, et alors pas la moindre compassion.

« Putain, t'as pas de bol, oh putain t'as pas de bol, putain t'es dans la merde, oh putain, t'es dans une merde !

– D'après les lois et conventions relatives au respect des droits des races et espèces croisées en vigueur dans le Zoo..., tenta le mutant devenu juriste, mais Théo n'était plus qu'une bête.

– Putain, t'es dans la merde grave. Holy shit, you are dead, *man* ! le menaça-t-il en anglais, selon l'usage, depuis qu'Hollywood avait monopolisé le film d'action sur toute la planète.

– ...et dans les États de la fédération européenne, j'en fais appel à...

– You're dead, *man* ! You're dead, you know ? You're dead, mother fucker ! », et ses sourcils froncés se défroncèrent, sa mine épouvantable se désépouvanta et s'épanouit comme un tournesol au soleil matinal d'été. Le mutant n'invoquait plus... Ni lois, ni traités... Peut-être les dieux, mais silencieusement alors... Et soudain surgit un son terrifiant dans une nuit froide.

« KILLLLLLLLLLL ! »

Théo d'un bond gracieux s'éleva dans les airs, pirouetta avec aisance avant de plonger le talon dans la poitrine de son ennemi, qui n'avait pas eu le temps de se protéger.

« Houp ! » perdit-il sa respiration, et déjà Théo rebondissait, pirouetta à nouveau, avant d'atterrir cette fois sur le ventre de son ennemi.

« Eurg ! » perdit-il son foie en recrachant ses poumons, et déjà Théo rebondissait, plus aérien que jamais, pirouetta avec grâce, et, genoux collés au corps, comme une bombe humaine, retomba de tout son poids, fesses les premières, sur la tête de son agresseur. Des fesses bien dures !

« Crr ! » craqua sa tête et il perdit la vie.

Théo rebondit une dernière fois avant de retomber sur ses pieds, derrière sa victime, morte sans aucun doute, et même pas besoin de jeter un regard en arrière pour s'en assurer... Il regardait au loin, plutôt...

Un peu moins loin, le géant le fixait dans l'ombre, en se curant les dents à l'aide d'une plume parmi d'autres, rassemblées dans cette paume assez large pour contenir le sein d'une femme baril. Ptero, l'oiseau maudit et l'un des principaux chefs mutants, avait dû lui prêter allégeance, et lui promettre d'être totalement dévoué à l'avenir, s'il ne voulait pas qu'il le croque. Le géant l'avait donc laissé filer, mais Ptero y avait perdu toutes ses plumes, et son amour-propre battait de l'aile. Il vivait, et c'était déjà pas mal. Contrairement à ses trois compagnons, l'homme à deux têtes comptait double.

« Allez ! C'est bien. Tu t'es amusé, maintenant enfile ton veston et reviens sur mes épaules.

– Tu rêves, tête de nègre ! rétorqua Théo, revigoré dans son corps et dans sa confiance, après cet épisode.

– Fais gaffe à toi petit, à moi, on le lui parle gentiment !

– À toi, je te le nique à mort ! You're dead too, you know ? » poursuivit Théo calmement, le regard perdu vers l'horizon.

Le géant se rua alors sur Théo qui, dès qu'il fut assez proche, recula d'un pas pour laisser passer la trombe. Le géant perdit l'équilibre, s'attendant à trouver une résistance là où il n'y avait qu'un peu d'air, et roula jusqu'à un distributeur de bonbons périmés. La boîte rouge éclata sous la violence du choc et les Choups choups se répandirent tous azimuts. Théo récupéra une des boules roses sur le bout de l'orteil, et jongla avec, passant d'un pied à l'autre, avant de la faire décoller dans le ciel, d'une extension élégante de la jambe, et de la récupérer dans la bouche à l'atterrissage. Le géant s'époussetait tout en gardant un œil sur lui. Théo prit sa respiration et gonflant ses joues, d'une pression sèche, lui adressa le projectile rose sur le nez.

« Alors, on n'a pas fini de faire joujou ? demanda le géant nullement inquiété par ces bambineries.

– Je vais te niquer ! » annonça Théo solennel.

Théo, apparemment, persistait. Le géant lança la seconde offensive sans se presser. Il avançait en claudiquant et poussait des cancannements. Il puisait son inspiration dans les petites bandes dessinées destinées à l'apprentissage des enfants. *Coin, coin fait le canard !* avait sans doute été sa dernière lecture.

« Coin coin, je vais te niquer, coin coin, je vais te niquer ! » imitait-il son canard préféré.

Théo s'éleva dans les airs, comme il en avait pris récemment l'habitude, et à la vitesse de l'éclair, s'abattit sur le colosse, d'un poing vengeur. Le géant, plus vif que sa masse ne le laissait supposer, se décala sur le côté, encaissa le coup dans l'épaule, mais déploya son bras pour attraper Théo au passage. Puis il ligota Théo à l'aide des longues plumes qu'il avait conservées, et le reposa à terre le temps de massacrer les caméras aux alentours.

Une des caméras en profita pour s'approcher de Théo.

« Théo ! Écoutez-moi ! C'est Lili ! Je vous transmets les nouveaux ordres de Stanislas. Vous ne devez rien révéler de votre identité. Attendez la suite des événements ! On viendra vous récupérer au moment opportun ! » À peine acheva-t-elle sa phrase que la caméra explosa contre le sol. Le colosse l'avait écrasée comme un moustique de son poing d'enclume !

« Saloperies de caméras ! Je hais les caméras ! »

Le géant replia Théo pour l'emballer et le mettre sous son bras, puis pour plus de commodité, le repassa sur son épaule.

Alors qu'il allait reprendre la route, il rebroussa chemin jusqu'au monstre bicéphale. Il pressa sur son ventre à l'aide de son pied, tout en tirant un des crânes de ses bras puissants. La tête ne tarda pas à céder en quittant le tronc, qui retomba, inerte. Idem avec l'autre, qu'il arracha de la même manière. Il noua les deux chevelures, et les utilisa comme poignée pour transporter les têtes sur son épaule, l'une devant, l'autre derrière.

« Ce soir, festin de cervelle ça te va mon petit ! annonça le géant. La tienne en a sûrement besoin... T'en as peut-être beaucoup là-dedans, le complimenta-t-il, mais tu viens de me prouver qu'un grand savant pouvait avoir une cervelle d'oiseau, et il s'amusa seul de son trait d'esprit en éclatant de rire.

– J'ai surtout un appétit d'oiseau ! » ajouta Théo dégoûté par la vue du crâne dégoulinant, qui pendait à même hauteur que sa propre tête, sur l'autre épaule de la brute. Le géant n'en pouvait plus, transformé en cascade gloussante, ce qui rendait le transport d'autant plus inconfortable, et brusquement son rire s'arrêta net. Il reprit d'un ton inquiétant :

« En tout cas, tu sembles plutôt doué pour le combat de rue ! Bizarre dans ta profession ! C'est une nouvelle technique d'élimination des virus ? C'est nouveau, ça, pas vrai ? »

Théo, se rappelant les dernières consignes, se garda de répondre. Il s'était de nouveau emmuré dans le silence et attendait la suite des événements.

15

Le cadeau

« La plus grande surprise que l'on puisse faire à une femme, c'est encore de lui offrir ce qu'elle a demandé ! »

Anonyme

« Maintenant, écoutez-moi vous tous. Ceux qui pensent en toute conscience que cet homme n'est pas Martin Guerre, à ma gauche. Ceux qui disent en toute conscience que cet homme est véritablement Martin Guerre, à ma droite. »

Alexandre Dumas,
Martin Guerre

La réserve du Zoo, 12 janvier 2041

« Regarde ce que je t'ai rapporté ! J'ai pas eu le temps de l'emballer dans un vrai paquet cadeau, mais je suis sûr que ça te plaira ? annonça le géant en franchissant le seuil du refuge éclairé par quelques bougies.

– Où est-il, où est-il ? Tu l'as trouvé ? Où est-il ? Donne-le-moi tout de suite ! Où est-il ? Je veux le voir ! » La vieille femme chauve et édentée, au visage couvert de cratères, se rua sur le colosse d'ébène et tira de toutes ses forces sur le veston qu'il avait enroulé sous son bras.

« Fais attention ! C'est fragile ! » Il tenta de calmer sa frénésie, sans succès, puis lâcha. L'habit avec son contenu s'écroulèrent sur le sol. *Putain !* gémit le veston animé. La vieille aux yeux fébriles ne bougeait plus, concentrée sur son cadeau. Elle attendait que la chose qui s'était mise à se débattre dans son piège de cuir trouve le moyen de sortir la tête. Un reflet sur une vitre lui rappela son aspect, et elle se dépêcha de couvrir son visage d'un châle délavé, en aménageant une fente autour de ses yeux.

« Putain de bordel de merde ! » furent les premiers mots prononcés par le petit Théo quand il revint à la lumière. Ces traits lourds, ces cheveux bouclés et fournis, ce front revêche, ces lèvres épaisses et boudeuses, la confirmèrent dans son pressentiment.

« Mais que m'apportes-tu là ? Où est-ce qu'il est ?

– Ben c'est ça ! Je ne me suis quand même pas trompé de colis ! Il était exactement là où Stanislas m'avait indiqué de le prendre.

– Où est-il ? Où est-il ? » La mutante, sourde à ses justifications, ne pouvait pas contrôler ses émotions. Cette déception semblait au-dessus de ses forces. Le voile qui cachait son visage se défit sans qu'elle le retienne.

« Où est-il, où est-il ? » et des larmes irriguaient les milliers de rides qui parcouraient ses joues. Elle arracha son voile pour se sécher les yeux. Le colosse, désolé, s'accorda une dernière chance.

« Moi aussi, je trouvais ça bizarre, mais regarde mieux ! En plus de rajeunir, je pense qu'il a dû se faire un peu de chirurgie... Pour changer de gueule... Ça fait du bien de temps en temps... C'est pour ça que tu ne peux pas le reconnaître ! expliqua-t-il d'une voix mal assurée.

– Mais non, idiot ! Ce n'est pas lui ! j'en suis certaine ! »

Le grand noir fixa Théo, qui terminait de se dégager du veston, et sa voix s'amplifia pour gronder comme le tonnerre.

« Dans ce cas ! rugit-il, c'est un sale petit imposteur et je m'en vais le bouffer sur place, et il se jeta sur le pauvre Théo comme l'ogre sur les enfants qui ne sont pas sages.

– Laisse-le ! ordonna la vieille, il va peut-être nous fournir des explications ! »

Alors que Théo venait de prendre un coup de pied magistral dans l'abdomen, le moteur d'une navette, suivi rapidement de bruits de bottes, couvrit ses gémissements. En quelques secondes, un commando fit irruption dans la pièce, et les cerna en les tenant en joue.

« Je vous ordonne de me suivre.

– Qu'est-ce que vous pouvez bien nous vouloir ? demanda la vieille plus intriguée que craintive.

– Où est-ce que vous voulez qu'on vous suive ? enchaîna le géant un peu tard pour signifier qu'il était son protecteur, et qu'il avait aussi son mot à dire.

– À Généton. Ordre de Stanislas de Coligny.

– Il a fini par me retrouver, chuchota la vieille dame, avec une immense tristesse.

– Si vous ne quittez pas cette pièce immédiatement, je vous défonce le crâne, tous autant que vous êtes ! » menaça le géant. Il allait s'exécuter, quand la vieille leva la main d'un geste autoritaire.

« Arrête ! On ne peut plus rien faire, mon petit ! C'est d'accord ! Emmenez-nous ! »

Son visage de guerrier enragé se mua en tête de poupon gigantesque. Il était sur le point de tomber en sanglots.

« C'est ma faute ! C'est ma faute ! » lui répétait

le colosse. Il s'agenouilla devant la vieille, et posa sa large tête sur l'épaule frêle, pour qu'elle lui caresse les cheveux.

Théo, malgré la douleur, les observait attentivement, plié par terre. Les traits ravagés de la vieille ne lui étaient pas inconnus, et ses expressions déclenchaient en lui une vague de sentiments contradictoires. Il se prit à s'émouvoir de leur détresse. *Mais que diable leur a fait Stanislas ? Comment le connaissent-ils ?* Il fut secouru par deux soldats qui le posèrent sur un brancard et le transportèrent jusqu'à la navette. Étonné de ne pas reconnaître d'uniformes officiels, il allait les interroger, quand il surprit une caméra cachée derrière la fenêtre. L'image se dissipa et il s'assoupit. Les drogues anti-douleur qu'on lui avait administrées agissaient.

***

Quelques heures plus tard, Théo était de retour à la maison. Ayant perdu son passe, il sonna à la porte puis héla sa tante, pour qu'elle reconnaisse sa voix, et prenne la peine d'ouvrir.

Comme Loanne recevait un membre du conseil de l'éducation, elle le fit patienter quelques minutes en lui mettant entre les mains le dernier rapport sur les classes eugéniques. Elle alla aussitôt s'occuper de Théo.

Ce dernier, derrière la porte, le doigt dans la bouche, s'amusait à compter ses dents cassées. Les blessures n'étaient que superficielles. Dès que la porte s'ouvrit, le visage décomposé de sa tante lui rappela qu'elles étaient tout de même spectaculaires.

« Ne t'inquiète pas ! D'ici quelques jours, on

m'aura implanté de nouvelles dents. Pour l'oreille, ça prendra un peu plus de temps ! la rassura-t-il.

– J'espère qu'on t'a au moins accordé un congé ? demanda Loanne.

– Jusqu'à demain. Demain matin, précisa-t-il.

– Tu as reçu un message du colonel de l'ODIN. Le ministre de la Défense a démissionné, tu n'as plus à suivre les ordres de Stanislas et du ministre de la Santé Lorentz. Tu peux rester au lit autant qu'il te plaira, lui annonça-t-elle victorieuse.

– Ah oui... Mais j'y retourne de ma propre initiative.

– Tu es devenu maso ? » s'inquiéta-elle.

Il sourit. Loanne n'insista pas. Elle savait que de toute manière, il ne donnerait aucun détail sur ses activités. Elle l'aida à s'allonger sur son lit qu'il retrouva avec soulagement. Il tendit le bras vers la commode et récupéra le papier électronique.

« Je te laisse lire ton maudit journal, le temps d'aller te préparer une tisane. » Loanne l'embrassa sur le front, s'écarta pour mieux admirer son sourire où manquaient plusieurs dents, et, amoureuse, repartit à la cuisine.

En feuilletant la revue de presse, Théo s'aperçut que les articles, pour la première fois, n'étaient accompagnés ni de commentaires, ni de censures.

Le Monde libéré, 11 janvier 2041

L'effritement du gouvernement d'Union de la droite

La démission fracassante du ministre de la Défense et de l'Économie, M. Poupret, annonce un véritable bouleversement politique. Les prochaines élections devront...

Théo ne put aller plus loin et s'abîma dans le sommeil.

Loanne, de retour, posa la tasse sur la table de chevet, et s'en alla rejoindre son invité.

Quelques minutes plus tard, Théo se réveilla en sursaut, en proie à un cauchemar. Il était pris de sueurs froides à l'idée de faire l'amour à la vieille mutante, au visage dévasté par les rides et les cratères. Pour s'éclaircir les idées, il inspira de grandes bouffées d'air, se releva sur le dossier du lit, et attrapa le breuvage encore chaud qui fumait à côté. Il put distinguer des bribes de conversation dans la pièce qui jouxtait sa chambre.

« Eh bien, il est chargé votre rapport ! déclara le représentant éducatif.

– Il ne fait que refléter la réalité ! Je parle en notre nom à tous. Nous avons organisé une réunion extraordinaire avec les enseignants de toutes les classes eugéniques. Même ceux qui ne tarissaient pas d'éloges les premières années se plaignent à présent. Les mêmes qui portaient ces élèves aux nues, parlent à présent d'arrogance ou de mépris pour qualifier leur attitude. C'est simple. Ces gosses passent leur temps à se foutre de l'ensemble de leurs professeurs et de l'autorité en général.

– Et entre eux, comment sont-ils ? interrogea l'homme qui finissait de prendre des notes sur son ardoise électronique Shabitsu.

– Entre eux ? Des petits requins, tiens donc ! Ils se chamaillent sur tous les sujets, et jamais on en trouvera un pour être d'accord avec l'autre ! Ils ne sont solidaires que pour nous jouer de mauvais tours.

– C'est peut-être juste un échec pédagogique ?

– Non ! Chaque classe utilise une pédagogie différente, allant de la sévérité à la liberté la plus totale. Et que l'enseignement soit personnalisé ou destiné au groupe, ça ne change rien ! Les résultats sont aussi catastrophiques pour les unes que pour les autres. Quand un professeur se permet de blâmer les petits génies, c'est fini ! Ils lui font la vie dure jusqu'à ce qu'il craque ! Et voyez leur technique ! Ils deviennent irréprochables, brillants, arrogants, reprennent toutes ses explications et les approfondissent entre eux, en plein cours, sans tenir compte de sa présence. Ou mieux, ils inversent les rôles, et lui parlent comme à un enfant pour lui expliquer quelques subtilités de la leçon, qu'il aurait oublié de mentionner ! Au bout d'un mois, malgré toute sa bonne volonté, il sombre dans la dépression et perd toute capacité d'enseigner... En revanche, ils ont subi leur première défaite ?

– Ah oui ? demanda-t-il, de plus en plus intéressé.

– On les a opposés à des enfants non traités, pour une partie de foot... Une équipe eugénique et une équipe d'enfants normaux, mais néanmoins plus âgés pour que le niveau soit équilibré. Eh bien, les eugéniques étaient tellement individualistes, qu'ils ont réussi à perdre, bien que leur jeu soit techniquement supérieur ! Évidemment, pour se venger, ils ont commencé à se moquer de l'équipe adverse, jusqu'à pousser les autres enfants à l'altercation et à leur foutre une raclée... En étant les plus petits et normalement les plus faibles...

– En somme que comptez-vous faire ? demanda le représentant qui en avait assez entendu.

– Nous avons fait une recommandation unanime pour l'arrêt du programme Eugenos ! »

16
La sélection

« Le dépassement de la morale par elle-même, tel est le mot pour désigner ce long travail secret qui était réservé aux consciences les plus fines, les plus probes, aux consciences qui sont les plus vibrantes pierres de touche de l'âme. »

Nietzsche, *Par delà le Bien et le Mal*

Paris, 13 janvier 2041

De la place de l'Étoile jusqu'à la Concorde, les Champs-Élysées s'étaient transformés en bulle touristique hors saison. Les terrasses étaient inondées de soleil artificiel. Sur la paroi de verre, à plusieurs centaines de mètres de hauteur, le système simulait un ciel immaculé. Les rayons, sans pitié, dardaient à longueur de journée et les touristes baignaient dans leur sueur. Torpeur... Au café de l'Empire, devant l'Arc de Triomphe qui plastronnait sans raison, quelques vacanciers consommaient des Königsberg de bulles et d'or pour lutter contre une soif impérieuse. Deux vétérans de la dernière guerre, qui avaient plus fière allure à l'époque où ils portaient les uniformes de l'OTAN et défilaient tous les ans sur cette même avenue, commémoraient, en tête à tête. Ils étaient marqués par des années de consommation débridée. Le premier portait une barbe blanche et son ventre était boursouflé de bière ; son acolyte, un chauve moustachu à tête molle, luttait pour ne pas sombrer, mais ses paupières devenaient trop lourdes... Ils s'étaient accrochés à des chopes gigantesques difficiles à soulever d'une seule main. Mais ils avaient de l'entraînement et des bras solides, quoique un peu flasques. Le blanc de leurs yeux était parcouru par de petits canaux rouges très distincts. Les globules ivres étaient à la fête. Ils s'étaient extravertis et traversaient leur corps en dansant pour leur offrir réconfort et bien-être. Le bonheur bovin avait conquis la planète et ces deux représentants avachis en témoignaient. Depuis un siècle, il ravageait l'hémisphère Nord. Heureusement, les progénitures d'Eugenos redynamiseraient bientôt la race des hommes.

Le murmure du trafic autour de la place berçait les corps qui débordaient sur les chaises d'osier, jusqu'à ce qu'une voiture fasse sursauter les clients. Un jeune loup en Ariane décapotable, se ruait sur la place des Victoires, étalant ses privilèges injustifiés.

Attablé, un couple. Une brunette aux yeux immenses et brillants dont la mine inquiète contrastait avec le visage tranquille de son compagnon. Un visage noble et avare d'expressions. Un adolescent qui aurait vécu mille ans. Des mèches blondes, indisciplinées, qui l'encanaillent, mais à le contempler, il se dégage un sentiment de paix.

Il existe des hommes au regard clair et serein
Ils disparurent des siècles durant, dit-on.

« Alors tu t'es bien amusée ? ... Avec Théo ? acheva-t-il.

– C'est un animal ! le défia-t-elle du regard, sans culpabilité, mais c'était plutôt pas mal ! » Borja sourit et passa à un autre sujet comme si de rien n'était.

« Ton père va bien ?

– Impeccable. Je te remercie de m'avoir transmis l'info. Tu continues à jouer double jeu ou c'est une nouvelle stratégie en vogue à l'ODIN ? Capturer les gens pour mieux les laisser filer !

– Je pensais que tu allais simplement lui parler. Pas le kidnapper. Tu me l'avais pourtant promis ! » Lili essayait de lire dans ses yeux pour déceler l'ironie.

« Ne me prends pas pour une idiote ! ... J'ai trouvé les photos.

– Les photos ?

– Je ne sais pas ce que vous manigancez ton père et toi, mais ça ne me plaît pas, votre histoire.

– Je t'assure que je ne suis pas au courant.

– Allons, tu sais bien, ces photos où ma mère me tient dans ses bras.

– Comment ? » Sa stupeur contrastait tant avec son naturel imperturbable, qu'il réussit à la convaincre de sa sincérité. Elle décida d'un nouvel angle d'attaque.

« J'ai bien réfléchi, Borja et je pense que je vais vous dénoncer dès demain... À la presse... Que vous ne contrôlez plus. J'ai regroupé suffisamment d'éléments de preuve pour ne pas passer pour complètement cinglée.

– Tu as fouillé dans mes tiroirs, mauvaise fille ?

– J'ai cherché sur ton ordinateur les traces de la stratégie et votre planning, concernant l'éradication de la majorité des habitants de la planète. Je n'ai pas été déçue. Votre programme est démentiel. Et commencer avec les mutants et les autres habitants du Zoo, c'est tellement facile.

– C'est un peu plus élaboré, Élena. C'est même un projet philanthropique, quand tu réfléchis bien. Eh oui ! Il faut que tu supportes cette contradiction. Tu as eu tout le temps de réfléchir, tu devrais comprendre maintenant. »

Élena ouvrait de grands yeux sceptiques. Borja développa.

« Les personnes qui survivront auront répondu à une sélection sévère. Le traitement coûte cher. Tout le monde ne pourra pas en bénéficier, mais l'argent ne sera pas le seul critère. La plupart n'y parviendront pas. Nous n'avons pas d'états d'âme. Nous vous apprendrons à ne pas en avoir non plus, et mêmes ceux qui seront élimi... (Borja se reprit) qui ne seront pas sélectionnés n'en auront pas, je te l'assure. Ils seront suivis par des psychiatres et des thérapeutes. C'est difficile, je sais. La sélection est insupportable lorsqu'elle s'opère trop tard, avec des êtres encombrés d'un vécu. Nous-mêmes, nous réprouvons le procédé, mais nous n'avons pas le choix. Les garder en vie, sans descendance, les pousserait à la révolte. Et nous ne pouvons les laisser là, à se reproduire indéfiniment. On ne peut pas être des millions d'immortels, pense à la surpopulation ! » assena-t-il. Elle répliqua sur le terrain juridique.

« Tes théories ne valent rien. C'est tout simplement contraire à la loi, c'est criminel. De toute manière, mon père ne vous aidera jamais !

– La loi change, répondit Borja en éludant le point concernant Léonard.

– Ce sont des principes constitutionnels ! Les droits de la personne, la dignité humaine, ça ne change pas ! On ne peut pas étendre la loi sur l'euthanasie à ce point-là. Et des moyens moins extrêmes ont déjà permis d'obtenir des résultats tout à fait satisfaisants », rétorqua-t-elle, comme si elle concédait déjà sur le fond. Borja l'avait remarqué à plusieurs reprises. Lui ne concéda rien.

« Allons, on ne règle plus les problèmes de surpopulation avec des demi-mesures. Toutes ont échoué jusqu'à présent. Notre solution est la seule à être efficace. (Et il ajouta :) À défaut d'être tout à fait humaniste.

– C'est le moins qu'on puisse dire, c'est reproduire cent ans plus tard ce qu'on pensait définitivement aboli !

– Allons bon, encore ces vieilles histoires, soyons sérieux ! Tu attends peut-être que je te donne des exemples de massacres qui ne remontent pas plus loin que ces dix dernières années ? Je n'ai pas besoin de t'en citer ou tu es vraiment de mauvaise foi !

– C'était des contextes de guerres, ça n'a rien à voir.

– Des massacres perpétrés non seulement par des armées, mais aussi par des administrations, si c'est ce qui te chagrine, ce n'est pas ce qui manque dans l'actualité récente.

– Bon, d'accord mais nous sommes dans un environnement différent en Europe. Nous avons, quant à nous, le devoir de régler ce problème de façon civilisée, de tenir compte de notre héritage et...

– En es-tu bien sûre, Élena ? interrogea Borja qui ne souhaitait pas retomber dans le sempiternel débat. Tu ne pourras que retarder les événements. C'est inéluctable et tu le sais. Je comptais sur ton aide, vois-tu ? Réfléchis bien, Élena, réfléchis encore ! Est-ce que tu as bien tout pesé ? On ne pourra pas s'y opposer longtemps, tu sais ? » Le ton de Borja se faisait de plus en plus exalté.

« Je te le répète, Élena ! Le rêve des civilisations

est sur le point de se réaliser, Élena ! Un rêve devenu une réalité potentielle ! Plus qu'un rêve, un idéal poétique, auquel on nous propose de prendre part ! On nous propose de dépasser notre condition limitée ! On nous propose de passer à une ère nouvelle, de rentrer dans l'âge d'or de l'humanité, Élena ! alla-t-il crescendo. Tu t'en rends compte ? T'en rends-tu compte ? Allons-nous nous contenter sans fin de la résignation de ce siècle sans idéologie et sans espoir ? C'est insupportable ! Combien d'années allons-nous vivre encore dans une époque insignifiante ? Combien de temps ce sentiment d'oppression, ce pessimisme réjoui ou cet épicurisme tiède, qui résume la mentalité générale du troupeau qui nous entoure ? Qui n'a pas le sentiment d'être étouffé, au bout de l'impasse, piégé dans un présent et un avenir tout aussi absurdes et médiocres ? Et voilà qu'on y est, qu'on peut sortir de l'impasse ! Voilà qu'on sent soudain souffler une brise issue d'une faille de ce mur qu'on aurait cru inébranlable. Une respiration, oui, une deuxième, de l'air, enfin, de l'air, Élena ! De l'air ! Réalises-tu qu'on nous offre la possibilité de devenir des dieux ? Et il faudrait encore tergiverser ? »

Ils restèrent silencieux un long moment. Élena fronçait les sourcils, elle cogitait. Ses traits semblaient tirés par le combat qui se déroulait dans les couches profondes de son cerveau, entre toutes les valeurs que son père lui avait inculquées, et la vision implacable de Borja, l'homme qui avait investi sa vie et son cœur, comme un seigneur féodal investit une forteresse et se l'approprie. Sans pitié, sans ménagement, une force brute qu'on ne pouvait combattre... Peut-être la réprouver... Pas grand-chose en somme. Élena fléchissait, mais tenait bon, encore un peu.

« Je ne peux pas l'accepter. Je trahirai mon père. »

Borja, plus audacieux que jamais, de reprendre une rhétorique que seule, une mère juive aurait pu tenir :

« Pourtant je t'ai bien trahie. Ça ne m'empêche pas de t'aimer, tu vois ? On peut trahir et aimer, c'est conciliable et parfois même inévitable, quand on souhaite le bien de ceux qu'on aime malgré eux.

– Tu as raison. Tu m'as trahie, soit. Tu t'es expliqué, parfait. Eh bien moi, je continue à t'aimer, mais je te dénoncerai. Pour ton propre bien. Parce que je crois que tu as tort, et que la prison te fera réfléchir et te ramènera à la raison. »

Borja sourit et l'embrassa sur la joue. Elle frissonna. Détourna la tête. Elle frissonnait dès qu'il l'effleurait. Le seul homme qui affolait ses sens au moindre contact.

Elle se pencha vers le siège tissé de paille mi-rouge mi-or qui côtoyait le sien, et posa sa tête à l'ombre, contre le torse de son compagnon qui la persécutait. Elle s'y cacha pour trouver un peu de fraîcheur. Le soleil artificiel, indifférent tapait toujours aussi fort et, à toutes les tables, on somnolait.

Une jeune fille toute en grâce, flottant dans une robe Herlime, qu'un vent espiègle plaquait contre sa peau pour souligner sa poitrine délicate et ses hanches légères, s'avançait vers eux. Ses jambes dévoilées jusqu'aux cuisses avaient été modelées pour atteindre une perfection en forme et en douceur. Les deux vieux soldats auraient croqué dans sa chair, s'il leur était resté quelque vigueur et quelques vraies dents. Ils se contentèrent de se souvenir d'un air guilleret, des bonnes petites qu'ils s'étaient enfilées au temps de leur virile jeunesse de guerrier. Ils avaient eu leur lot de jouissances terrestres, et pouvaient mourir heureux. Le sourire de la jolie blonde s'accentua lorsqu'elle eut rejoint le couple enlacé. Borja tendit le bras vers elle pour la désigner.

« Élena, je crois que Lili veut se joindre à nous. Ça fait une éternité que vous ne vous êtes pas vues, pas vrai ? Tu permets ?

– Bonjour, Élena. »

Élena salua d'un hochement de tête, de peur que sa voix ne trahisse son récent émoi. Un trouble qu'elle connaissait bien, empourpra de nouveau ses pommettes. Lili ressemblait tellement à son frère. À part Borja, elle n'avait jamais rencontré quelqu'un d'aussi... d'aussi lumineux. Elle se remémora les jours heureux perdus, des souvenirs d'enfance qu'ils avaient partagés.

« Je prends un petit verre avec vous, précisa Lili, et après je vous emmène à Généton ! Tu verras, Élena ! On a une surprise pour toi ! » lui annonça-t-elle, d'un sourire bienveillant.

17

La résurrection

> « Ce qu'il y a de plus dur à regarder en face, c'est le visage d'une mère qu'on n'aime pas et qui fait pitié. »
>
> Jules Renard,
> *Journal 1893-1898*

Généton, 13 janvier 2041

« Eh bien Théo, tu es déjà de retour. Je t'ai libéré de tes fonctions. Va te reposer !

– Tu m'as manqué, Borja ! J'apprécie tellement ta compagnie, que je ne peux plus m'en passer. »

Un bruit de pas résonna dans le couloir. Une occasion s'offrait de mettre Théo dans l'embarras.

« Tu sais... Élena t'apprécie beaucoup ? Elle m'a dit du bien de toi, vraiment ! » le félicita Borja, et Théo piqua un fard quand il aperçut Élena les rejoindre dans la pièce, accompagnée de Lili. Elle paraissait agitée. Elle ne s'émut nullement de découvrir Théo à côté de son amant officiel, et le salua d'un geste désinvolte de la main.

« Salut Théo ! Eh bien ? Tu ne réponds pas ? Tu te sens bien ? Tu as chaud ? » insista Lili avec perfidie. En face de ces femmes, l'une qu'il adorait secrètement, et l'autre qui l'avait ensorcelé en usant de son corps pour le piéger, et pire, en jouir, Théo n'était plus qu'un adolescent rougissant.

« Qu'est-ce que je suis venue faire ici, Borja ? Vous comptez me torturer pour me tirer les vers du nez ? demanda Élena agressive.

– Tu n'y es pas du tout, ma chérie, la rassura Borja.

– Mais oui, ajouta Stanislas qui venait de surgir à son tour, tu penses bien que nous ne te voulons aucun mal, ma chérie. Alors, on ne vient pas embrasser tonton ?

– Pourquoi m'avoir amenée ici, Stanislas ? Mon père est à présent hors de votre portée et vos soutiens tombent les uns après les autres. Vos délires d'holocaustes se sont largement répandus. Les gens savent maintenant à quels malades ils ont affaire, pour ceux qui en doutaient encore. Votre règne n'est plus qu'une question de jours.

– Je pourrais obtenir de nouveaux soutiens d'ici là. Peut-être, des soutiens plus déterminants, affirma-t-il et ses yeux brillaient d'espièglerie.

– À part quelques illuminés, dont les juges qui ont condamné mon père, je ne vois pas ! Même la presse que vous pensiez avoir muselée, s'est révoltée et vous critique à demi-mot ! Ils savent qu'ils ne seront plus expédiés au Zoo aussitôt. De quels soutiens parlez-vous encore ?

– Du tien.

– ... Vous êtes fou mon oncle... Vous êtes complètement fou ! »

Stanislas éclata de rire et laissa un temps théâtral. Il ajouta d'un ton outrageusement calme :

« Tu ne pensais pas avoir découvert les photos par hasard ? Je te le confirme, Élena. » La colère d'Élena, tout d'un coup, s'effaça pour laisser place à l'inquiétude. Elle lui demanda, sans être certaine de vouloir obtenir une réponse.

« Qu'est-ce que vous voulez dire ?

– Faites-la entrer ! » ordonna Stanislas.

La porte s'ouvrit doucement découvrant un géant à la peau d'une noirceur absolue, qui marchait tête baissée. Une odeur pestilentielle le suivait dans la pièce. Il s'écarta pour ouvrir le passage à une vieille femme chauve, vêtue de haillons, et au visage rongé par les maladies infâmes et les ans.

« Élena, je te présente ma sœur, Fleur. Ou ta mère, si tu préfères. »

Le regard de la vieille soudain étincela en proie à la panique. Elle prit la fuite. Ses petits pas précipités rendaient comique cette scène terrible. Stanislas souriait, plutôt surpris. Théo avait le cœur serré, d'autant plus que la vieille, parvenue à la porte, la trouva verrouillée. Elle ne bougeait plus, leur exposant son crâne chauve et son dos courbé. Le géant vint à son secours, afin qu'elle puisse se cacher de leurs regards derrière sa carrure magistrale.

« Stanislas ! Comment as-tu osé ? entendit-on crisser la voix.

– Allons bon ! J'organise des retrouvailles familiales après des années d'absence et je me fais engueuler. Souriez, c'est perdu de vue ! » plaisanta-t-il en faisant référence à une émission de télévision centenaire.

Élena assimilait lentement. Sa mère, qu'on lui avait assurée morte quelques jours après sa naissance, se tenait à présent à quelques mètres, sous la forme d'une vieille femme déguenillée d'une laideur atroce, qui évoquait une mendiante moyenâgeuse tout droit sortie de la Cour des Miracles. Elle n'arrivait pas à y croire. Elle s'approcha du géant pour le contourner et débusquer la vieille. Mais le refuge était mobile et le géant tournait sur lui-même, un bras en arrière, et entraînait la vieille dans ses révolutions pour la protéger du regard d'Élena, en prenant soin de rester face à la jeune femme.

« Arrête de danser, Saturne ! Elle a le droit de voir sa mère tout de même ! » ordonna Stanislas, et Fleur, elle-même, abandonna ce jeu grotesque et cruel. Elle s'écarta de son protecteur pour se livrer au regard de sa fille, sans le croiser pour autant. Elle baissait la tête. Des larmes coulaient sur ses joues, en sillonnant les rides de son visage, alors qu'elle crevait d'envie de serrer Élena dans ses bras. Mais elle sentait bien que le contact de son corps répugnant ne ferait au mieux que l'épouvanter.

« Pourquoi as-tu fait ça ? Pourquoi m'avoir emmenée ici ? demanda de nouveau la vieille à Stanislas, avec son reste de voix éraillée par la douleur.

– Imagine-toi que j'ai les meilleures intentions du monde, sœurette ! Ça me fait plaisir de te revoir, tu sais ?

– Tu m'avais fait le serment de ne jamais en parler ! Je ne t'ai jamais fait confiance, et je me tenais cachée ! Je m'attendais bien à... (Elle s'interrompit.) Tu avais dit à Saturne que Léonard allait être emprisonné au Zoo. Qu'il me rejoindrait. Pourquoi as-tu tendu ce piège ?

– Et c'était la pure vérité, Fleur ! Léonard devait y être emprisonné. Et si je t'ai ramenée parmi nous, c'est pour te rendre ce que l'on t'a pris ces trente dernières années : la beauté et la jeunesse, ma chère Fleur ! Tu ne peux quand même pas me le reprocher !

– Vous, vous êtes ma mère ? interrogea Élena. Mais pourquoi ? Qu'est-ce que... tentait Élena, mais elle n'arrivait pas à formuler de question.

– Que je te raconte, Élena, comme tu as un bon père ! reprit Stanislas.

– Je t'interdis ! cria sa sœur, de sa voix brisée.

– Tu n'as rien à m'interdire ! répliqua subitement Stanislas avec colère. Et ose me dire que ce n'est pas vrai ? Que ce que je vais raconter n'est pas la pure vérité ! Tu seras libre de m'interrompre, si tu veux faire des corrections ! »

Fleur était trop faible. Dévastée, ses genoux ployèrent, prêts à la lâcher. Saturne la repêcha à temps, et la porta dans ses bras, jusqu'au siège à côté duquel dormait Tolstoï. Il fixa le chien vert fluorescent d'un œil étrange, en salivant et l'écarta du pied. Tolstoï réagit à peine à la secousse, se laissant déplacer, et se rendormit aussitôt.

Élena était anéantie. Son regard alternait entre le visage de Stanislas et celui de sa mère qui, à mesure qu'elle l'observait, se recroquevillait dans son siège. Élena voulait s'approcher pour lui toucher les mains, lui exprimer peut-être de l'amour, ou simplement la reconnaître pour sa mère, mais n'y arrivait pas ; désespérément figée. Elle ne pouvait pas reconnaître dans cette loque en haillons une mère ! Et cette odeur, cette épouvantable odeur ! Le dégoût l'emportait, contribuant à la culpabiliser. Stanislas, qui observait la scène avec attention, la devina.

« Ne t'inquiète pas, Élena ! Ce que tu ressens est normal ! Je vais soigner ta mère. C'est un traitement très long mais je peux y arriver. Si Léonard collabore, je peux y arriver ! » Après quelques secondes, Stanislas se lança dans le récit de sa naissance.

18

La conquête Élena

« Par la prohibition de l'inceste s'expriment et s'accomplissent les structures fondamentales sur lesquelles se fonde la société humaine comme telle. »

Simone de Beauvoir,
article sur Claude Lévi-Strauss,
revue *Les Temps Modernes*,
novembre 49

« Comment vivre dans un monde avec lequel on n'est pas d'accord ? Comment vivre avec les hommes, quand on ne fait pas siens ni leurs tourments ni leurs joies ? Quand on ne sait pas être des leurs ? »

Milan Kundera, *L'Immortalité*

Paris, 13 janvier 2041

Borja et Lili avaient raccompagné Élena, exténuée nerveusement, jusqu'à son appartement, afin qu'elle prenne un peu de repos. La pièce unique, dénudée, au style moderne, se reconfigurait de façon automatique pour servir de salle de séjour ou de chambre à coucher. Borja saisit la télécommande et lança un programme qui déplaçait le canapé et les deux fauteuils circulants pour les assembler en lit large et confortable. Élena s'étendit sur le ventre, et Lili s'allongea à ses côtés.

« Je me suis toujours doutée que tu étais comme nous, tu sais Élena ! » lui murmura tendrement Lili à l'oreille. Élena sanglotait, les mains sur le visage. Tenterait-elle de réfuter cette affirmation ? Élena se contentait de masquer ses larmes et sa colère.

« Qu'on ait été élevé ensemble n'explique pas tout ! Tu te souviens, Élena ? enchaîna Lili, nous avions aussi la même sensibilité, la même perception des êtres et des choses, des uns et des autres. Tu étais la seule avec Borja, la seule avec qui j'arrivais à établir un rapport, un lien de complicité. Et toi-même, je suis sûre que tu ne t'es jamais sentie autant en confiance qu'en cette période, entourée de Borja et de moi. » Et Lili, en même temps que sa déclaration, lui massait lentement la nuque, qu'elle pinçait entre le pouce et l'index, avec force et délicatesse. Élena se rappela, et elle sut que ce que disait Lili était vrai. Elle se rappela leurs silences au milieu des bavardages stupides des autres enfants, leurs airs et leurs sourires, quand on leur faisait la leçon, leurs jeux et leurs fous rires, leur curiosité illimitée, et l'agacement des adultes qui ne pouvaient jamais répondre à toutes leurs questions. Quand les autres gamins n'acceptaient pas leur précocité, et cherchaient querelle à l'un d'entre eux, les deux autres intervenaient aussitôt pour ne faire qu'un seul bloc face à l'adversaire. Elle se rappela aussi des moments plus intimes. Certaines expériences répétées auxquelles ils se livraient souvent, ces jeux où l'on examine son corps pour la première fois, et qu'on le compare... Ces premières fois où l'on découvre la douceur née du contact des peaux, et la sensualité. Ça remontait à quinze, vingt années peut-être, avant qu'elle ne soit femme. Et pourtant, ces moments partagés avaient laissé des traces vivaces, des images ensoleillées, et des sensations troublantes ; des traces qui mêlaient des sentiments étranges de transgression, de chaleur, et d'infini contentement. Élena ne cachait plus son visage. Lili passa la main derrière sa tête, dans sa chevelure brune, et l'attira à elle pour l'embrasser.

« Tu es comme nous », lui murmura-t-elle encore une fois, et elle approcha ses lèvres.

Borja s'était joint à sa sœur Lili, pour l'aider à dévêtir leur cousine, à présent agenouillée sur le lit. Il prenait soin d'ôter chaque vêtement avec précaution. Borja lui retira son chemisier, alors qu'elle levait les bras au ciel, et découvrit sa poitrine. Lili, dans son dos, faisait glisser une main sur son ventre chaud, remontant lentement pour effleurer ses seins. Lili défit alors la jupe d'Élena, et celle-ci se présenta nue sous le feu de leurs regards. Borja et Lili la contemplaient... Comme ils l'avaient contemplée, il y a si longtemps, quand ils n'étaient encore que des enfants. À leur tour, Borja et Lili se déshabillèrent l'un l'autre. Élena les épiait du bord du lit, les genoux repliés sur ses seins. Lili se dégagea lentement de l'étreinte de son frère, puis pivota vers le côté gauche du lit, à l'opposé d'Élena, laissant Borja allongé entre elles. Le drap se recroquevillait à leurs pieds dans des plissements désordonnés, affichant sans pudeur leur nudité. Ils s'observaient tous les trois, comme à l'époque, avec un sentiment de gêne et de désir. L'air était musqué du parfum puissant de la chair. Lili lança à Élena un regard encourageant. Le corps d'Élena, bien qu'athlétique, semblait plus fragile que celui de Lili, qui était long, souple, blond et tellement doux. Élena avait une peau sombre, des formes plus pleines, des seins plus lourds créés pour peser dans la paume des mains, et des hanches plus larges au centre desquelles se découpait un triangle de broussailles noires et drues, alors que la toison de Lili était lisse et dorée.

Élena la dégustait des yeux, un peu apeurée, un peu honteuse. Lili remonta sur son frère, pour s'approcher d'elle, un genou de part et d'autre du corps de Borja. Elle baissa les yeux vers la poitrine d'Élena, et de ses mains, lui écarta doucement les bras qui serraient ses genoux, et admira ses seins, avant d'entrouvrir ses cuisses d'une nouvelle pression du bout des doigts. Cette dernière, effarouchée, cuisait du désir de rencontrer leurs peaux, la peau de Borja, et celle de Lili. Elle se sentait ruisseler dans ses régions les plus embusquées. Mais elle n'osait toujours pas bouger pour autant. Borja, toujours tendu, mais calme et immobile, la faisait mijoter pendant des instants interminables, pour se laisser totalement imprégner d'attendrissement. Son corps élégant et savamment dessiné avait été taillé dans les roches les plus lisses et les plus solides. Pas un poil ne venait contrarier la main de sa sœur qui glissait sur ce territoire sacré. Élena les observait, les yeux embués et les lèvres tremblantes.

Borja, d'un geste lent, frôla la pointe de son sein du bout des doigts, et pressa sur le téton. Élena tressaillit, et ferma les yeux. Ils décidèrent qu'il était temps de s'emparer d'elle. Lili se dégagea de Borja. Borja se releva pour une meilleure prise, et déplaça tendrement Élena entre eux, à la place qu'il avait occupée. Cernée, Lili et son frère se livrèrent alors sur elle aux caresses les plus sophistiquées, en la parcourant des mains et des lèvres. Élena laissa libre cours à leurs sévices insoutenables. Elle soupirait, haletante, la sueur perlait sur son front, sur ses joues, sur son ventre, sur ses seins. Elle se durcissait, puis se détendait, se durcissait de nouveau, elle baignait, poisseuse, dans une humidité qui exhalait une odeur aigre et irrésistible de désir, et leurs langues agitées se régalaient à fouiller toutes les parties de son corps, les monts et les abysses les plus dissimulés, à s'abreuver de cet alcool au goût salé. Elle se laissa gagner, esprit déchu, aux jouissances les plus exquises, aux délices diaboliques qui lui faisaient abandonner toute réserve, incapable désormais de se contrôler. Ses miaulements se firent plus aigus, plus puissants. Ses propres cris qu'elle n'entendait plus, qu'elle oubliait d'entendre, à mesure que redoublait leur intensité. Lorsque Borja entra en elle, les ténèbres se densifièrent, l'abîme devint plus vertigineux. Elle se resserra sur son sexe en suppliant le ciel qu'il ne s'échappe plus jamais. En même temps, la langue de Lili pénétra sa bouche, et elles burent chacune à la coupe de leurs lèvres échangeant leurs pactes mystérieux. Elles sucèrent, léchèrent, burent avidement alors que Borja à un rythme assuré, la préparait à l'agonie. Comme si des doigts innombrables venaient agacer sa peau, elle ne pouvait plus distinguer les parties de son corps offert, des sensations sans repère, s'ajoutant les unes aux autres, pour créer une vague immense, effrayante et indistincte qui allait la submerger, en la menant aux frontières de l'être.

Son visage qui se tordait, sa bouche grimaçante et ses sourcils plissés, elle semblait mourir mille morts et recommencer, puis ses dents se desserraient laissant sa bouche brusquement s'ouvrir pour happer une bouffée d'air, pour respirer encore une fois, luttant contre la noyade, gémissant en vain, sans aucune chance d'y échapper. Des larmes coulaient de ses yeux rougis et clos, elle avait l'impression de se transformer, délivrée de son enveloppe corporelle, libérée afin d'être projetée à travers un tunnel opaque comme une énigme fondamentale, qui déboucherait sur une vérité qu'elle n'aurait le privilège de connaître qu'un court instant.

Après qu'elle eut poussé le dernier râle, épuisée, ramollie, désorientée, elle se remit à pleurer. Les larmes coulaient sur son visage régulièrement, et se mêlèrent à la sueur et aux autres sécrétions. Elle se vidait en entier, ils la regardaient satisfaits et sûrs d'eux-mêmes, alors qu'elle se vidait et se vidait encore, jusqu'au bout. De son corps... De son âme. Bientôt, il ne lui resterait rien. Il fallait laisser le vide faire tranquillement son œuvre.

Le frère et la sœur échangèrent un sourire entendu. Ils l'avaient conquise, assurément. Mais l'œil de Borja s'était assombri. Lili l'observait sans lui poser de question.

19
Retrouvailles

« C'est de la confiance que naît la trahison. »
Proverbe arabe

Généton, 15 janvier 2041

Théo pilotait la navette qui ramenait Léonard au siège de Généton. Il semblait faire la compétition avec tous les véhicules qui empruntaient l'autoroute, et sans doute serait-il arrivé numéro un à la ligne d'arrivée, grand vainqueur de la course, si course il y avait eu. Léonard et son escorte n'osaient pas broncher pour qu'il reste concentré sur le volant. *Il a sans doute appris une très mauvaise nouvelle, mais il pourrait tout de même se préoccuper des passagers !* pensaient-ils tous. Néanmoins, les hommes gardaient le silence et leurs yeux étaient braqués sur la route, droit devant. Théo, quant à lui, se demandait encore la raison pour laquelle il avait accepté cette mission, et marmonnait à chacune des interventions d'Élena, la seule de l'équipée qui n'avait pas l'air de s'émouvoir de sa participation involontaire à la course suicide. Elle discutait avec son père en se retenant aux sièges pour ne pas être défénestrée au prochain virage.

« Je t'assure. Stanislas est revenu à la raison. Tu seras étonné par son changement, n'est-ce pas Théo ? » Théo la fusilla du regard, et montra les dents, de l'air le plus hostile. Il pressa sur l'accélérateur, et Léonard, une fois passé son haut-le-cœur, put lui répondre :

« Ça me semble peu probable, Élena, je le connais depuis si longtemps... J'imagine que si ce que tu dis s'avère, ce n'est dû qu'à la situation politique. Même s'il fait son mea culpa, qu'il demande mon soutien, et que je le lui accorde, ce qui tient déjà de l'invraisemblable, ça ne suffirait sûrement pas à l'absoudre de ces dix dernières années de politique démentielle.

– Oui, j'y ai pensé. Le renvoi du ministre et les élections prochaines pour lesquelles les estimations les donnent perdants, ne doivent pas être totalement étrangers à son revirement.

– Mais c'est encore loin, ces élections ! Ne penses-tu pas plutôt qu'on fonce droit dans un traquenard ? » et Léonard se demandait si ce n'était pas finalement plus souhaitable, que de foncer droit dans le mur vers lequel Théo les propulsait. Théo vira au dernier moment, et ils évitèrent l'obstacle. L'envie de vomir était générale.

« Non ! Je t'assure ! Je le connais suffisamment pour savoir quand on peut se fier à lui !

– Dieu t'entende !

– Dieu ? C'est bien la première fois que tu fais appel à celui-là. »

Théo semblait de plus en plus énervé. Il manipulait chaque levier, chaque manette, comme s'il voulait les arracher de leurs socles.

« Vous avez l'air de bien mauvaise humeur ! lui fit remarquer Léonard.

– Hein ? Quoi ? Oh rien ! Des problèmes personnels, une histoire de famille, ça ne vous concerne pas ! répondit-il sans courtoisie.

– La famille, elle réserve le meilleur comme le pire ! commenta Léonard, l'air distrait.

– Ouais en tout cas, ce qui est sûr, c'est qu'il faut s'en méfier ! » rétorqua Théo d'un ton aigre.

Élena, non seulement, ne se formalisa pas de ses propos, mais elle poursuivit dans son sens.

« Comme tu as raison, Théo ! Parfois, on croit connaître une personne depuis des années, et on s'aperçoit qu'on s'était trompé sur son compte depuis le début.

– Qu'est-ce que tu veux dire ? interrogea son père, qui ne comprenait pas bien pourquoi une généralité appelait des développements aussi amers.

– Je pense à Stanislas. Le fait qu'il abandonne ses projets et qu'il reconnaisse ses torts. Je croyais qu'il n'était animé que par le désir de mettre en pratique ses recherches, alors qu'en fait, il cache peut-être des sentiments humains.

– Je vois, tu plaisantes. Ce type est fou, mais il a toujours eu du flair en politique.

– Comme tu es dur ! Mais tu as sans doute raison... Comme toujours ! »

Léonard la dévisagea, un peu troublé, ne détectant pas si ses réflexions relevaient du respect, ou plutôt de l'ironie.

« Nous sommes arrivés à Généton ! » déclara Théo d'un ton sec, provoquant le soulagement général, et il pénétra dans le parking.

Borja et Lili les accueillirent dès leur sortie de l'aéro. Élena et Léonard les saluèrent froidement, avant de se rendre au laboratoire de Stanislas.

Dressé devant la porte, patientait un géant noir à l'air un peu perdu. Dès qu'il aperçut Léonard, il ne quitta plus des yeux le vieil homme, qui l'examina à son tour, intrigué de susciter tant de curiosité, et un vague sentiment de malaise s'empara de lui. Les gros traits noirs tout en rondeur lui semblaient familiers, mais il était incapable de mettre un nom, de se rappeler une rencontre. Derrière la porte, on entendait Stanislas qui donnait la réplique à une voix faible et caverneuse, comme sortie d'outre-tombe. Borja sonna à l'interphone pour annoncer leur arrivée. Le silence se fit aussitôt.

« Laisse-moi une minute ! » ordonna Stanislas.

L'angoisse de Léonard ne faisait que s'intensifier sous les yeux inquisiteurs du géant. Théo s'était placé en retrait et lançait aux autres des regards noirs.

« Entrez ! Je vous en prie ! annonça Stanislas, et la porte s'ouvrit aussitôt.

– Décidément, mon vieux Léo, on n'arrête plus de se voir.

– Bien malgré moi, Stanislas, bien malgré moi.

– Tu n'as pas le sens de la famille ! » Et la méfiance de Léonard, surpris qu'on évoque encore ce sujet, se chargea d'anxiété.

« Alors, tu as renoncé à l'immortalité, paraît-il ? interrogea Léonard pour reprendre de l'assurance.

– Mais pas du tout mon vieux ! Pas du tout ! » nia Stanislas.

Léonard, interdit, était sur le point de signaler à sa fille qu'il s'attendait à cette réponse, et qu'ils étaient tombés dans un piège, lorsqu'il lui surprit un large sourire.

« Mais, qu'est-ce que..., Élena, qu'est-ce que ça signifie ?

– Tu te souviens ? Je t'avais montré les photos de ta femme... Au Zoo. Notamment celle où on nous voit... elle et moi ensemble... Elle me tient dans ses bras... Celle où nous sommes sorties de l'hôpital.

– Un montage, sans doute, je te l'ai déjà expliqué ! » Élena soupira. La réponse n'était pas satisfaisante, ou du moins, ne semblait pas lui convenir !

« Tu l'aimais, dis, ma mère ? »

Léonard, interloqué, ne répondit pas.

« Eh bien mon vieux Léo, réponds-lui ! Ta fille voudrait savoir si tu aimais vraiment sa maman ! » le relança Stanislas, et étrangement, celui-ci se révélait devenir l'allié d'Élena, un allié qui luttait contre le même ennemi. Et cet ennemi commun, c'était lui !

« Quoi ? Mais Élena que se passe-t-il, ma chérie ?

– Réponds ! lui ordonna-t-elle d'un ton qu'elle n'avait jamais employé avec lui auparavant, réponds !

– Qu'est-ce qui te prend, Élena ?

– Qu'est-ce qui, qu'est-ce qui, qu'est-ce qui, c'est tout ce que tu sais dire ! Réponds ! Est-ce que tu aimais ma mère ?

– Mais oui, évidemment ma chérie, pourquoi tu...

– Et moi, est-ce que tu m'aimes ? reprit-elle sans le laisser poursuivre.

– Comment peux-tu demander des choses pareilles ? Je t'aime plus que...

– Tu m'aimes ! tu m'aimes ! dis-tu, et tu étais prêt à ce que je naisse difforme, avec des maladies qui m'auraient dévoré la tête un jour ou l'autre.

– Quoi ? s'énerva soudain Léo et il se retourna vers Stanislas. Que lui as-tu raconté, espèce de salaud ?

– La vérité, rien que la vérité, je le jure.

– Écoute, ma petite ! Il faut que tu comprennes que...

– Que ? Que tu ne voulais pas me sauver et qu'en prime tu as assassiné ma mère !

– Quoi ? Mais je n'ai pas tué ta mère ! Qui t'a mis cette idée folle dans la tête ? Stanislas, tu...

– Si ma mère est tombée malade, c'est à cause de toi ! reprit-elle impitoyable.

– Ça n'a rien à voir. Elle a eu une septicémie. Nous ne l'avons pas découverte à temps, et je te jure que je m'en veux encore tous les jours, mais ce n'est pas moi qui l'ai tuée. Ça arrive dans certains...

– C'est toi le responsable ! affirma-t-elle à présent calme et sûre d'elle-même. Si tu avais accepté le traitement, jamais elle n'aurait eu à le suivre pendant la durée de sa grossesse !

– Je ne comprends rien là ! Qu'est-ce que ça veut dire, Stanislas ?

– Tu ne te souviens pas ? Allons, allons, laisse-moi te rafraîchir la mémoire ! Élena était atteinte comme moi de x-fragile. Tu m'avais interdit d'intervenir à l'époque. Ça se passait ici même, et Stanislas indiqua d'un geste la partie du laboratoire où ils s'étaient entretenus vingt-sept années auparavant. Eh bien Fleur me supplia de la traiter malgré ton refus catégorique... Et j'ai refusé, imagine-toi... Mais elle a utilisé le chantage. Tu ne te souviens pas ? J'avais pris le risque de te montrer, dans ton intérêt, précisa-t-il, les couveuses avec Borja et Lili. Elles étaient dans la pièce connexe, dont je dissimulais l'existence à l'époque où je travaillais dans la clandestinité... Et tout ce que tu as trouvé à faire – et il tendit les mains vers Léonard pour qu'il l'avoue lui-même, mais comme il gardait le silence, Stanislas reprit :

» Tout ce que tu as trouvé à faire, c'est de me menacer de me foutre derrière les barreaux ou de m'expulser hors du territoire. Fleur m'a promis de plaider ma cause, si j'acceptais de soigner l'embryon.

– Tu veux dire qu'Élena est..., réalisait Léonard.

– Élena est non seulement retraitée, mais c'est aussi une petite eugénique, que j'ai optimisée comme Lili et Borja selon les mêmes techniques utilisées depuis dix ans avec les gosses d'Eugenos, et si elle n'a pas contracté la maladie, ce n'est pas grâce à son environnement, à sa saine alimentation, à tes soins ou je ne sais quoi encore. C'est parce qu'elle ne porte pas de gène malade ! (Et il ajouta à l'adresse d'Élena :) Si tu es aussi belle, et en si bonne santé aujourd'hui ma petite, c'est grâce à tonton Stanislas.

– Et comment t'y es-tu pris ? poursuivit Léonard sous le coup de la stupeur.

– Tu es persuadé que Fleur est morte de septicémie, et bien, pas du tout ! Le problème était de te cacher le traitement puisque ta décision était irrévocable. On a donc dû modifier le code d'Élena sans t'en informer. Résultat, je l'ai traitée dans le ventre de Fleur, au lieu de l'extraire et de la placer dans un utérus artificiel. Fleur s'est sacrifiée. Elle a été contaminée par le vecteur, un canary pox, à la fin de la grossesse. On l'a prévenue. Elle n'a développé la variole avec d'autres symptômes aggravants que plusieurs jours après l'accouchement. Plutôt que de se flétrir devant toi qui aurais découvert le pot aux roses, elle a préféré se faire passer pour morte. Je l'ai aidée à organiser sa fuite, et on t'a assuré, quelques jours après la naissance d'Élena, alors que tu les avais fraîchement quittées à l'hôpital pour donner une conférence dans je ne sais quelle contrée éloignée, que Fleur était morte de septicémie, et qu'elle avait été incinérée par erreur, une heure avant ton retour en catastrophe. Alors que jusque-là, elle travaillait à l'AIDE pour rééduquer les mutants, elle s'est réfugiée dans ce qu'on appelle maintenant le Zoo, pour y être soignée à son tour. Elle n'a pas beaucoup profité de sa fille, la pauvre. J'emmenais Élena la voir en cachette de temps à autre, comme tu as pu le constater sur les photos que t'a remises ta fille, mais ça n'a pas duré longtemps. Tout ça à cause d'un vieux réactionnaire ! Eh oui Léo, Fleur s'est fait passer pour morte toutes ces années !

– Comment ça, s'est fait passer ? Elle a vécu encore combien de temps ? »

Stanislas se tut. Léonard commençait à ressentir des palpitations. Son cœur n'en pouvait plus d'attendre. Il devina une présence nouvelle dans la pièce. Une petite chose rabougrie apparut à côté de Stanislas. Et la scène se rejoua avec Léonard.

Léonard s'approcha de la vieille sans en croire ses yeux... Malgré sa... malgré le... malgré toutes... il la reconnut immédiatement. Son cœur battait à tout rompre en le faisant horriblement souffrir, ses yeux s'humectaient, et il n'arrivait plus à articuler.

« Fleur ? chuchota-t-il enfin, ce n'est pas vrai ? C'est toi, Fleur ? »

20

Léonard accepte

> « L'objet véritable de son amour, vous le connaîtrez si vous avez la force et le courage d'entendre cet homme jusqu'au dernier aveu que la mort interrompt. »
>
> François Mauriac,
> *Le Nœud de vipères*

Généton, 15 janvier 2041

« Regarde ce que tu lui as fait ! hurla Élena.

– Fleur, Fleur, mon Dieu, écoute-moi ! Je suis désolé, je suis désolé, s'excusait Léonard, hébété, en s'avançant lentement vers elle, tu n'aurais jamais dû...

– Tu n'aurais jamais dû quoi ? reprit Élena dans une rage folle, et à présent je serai folle à lier ? C'est ça que tu oses lui dire ? C'est ça que tu aurais souhaité ?

– C'est vrai qu'elle aurait développé une affection qui lui aurait pourri la vie... Et je sais de quoi je parle, je sais de quoi je parle, répéta Stanislas d'une voix douloureuse, en témoignage de sa propre expérience.

– Ma chérie, tu dois comprendre que c'était dans

l'intérêt de... contraire à... reformula Léonard, toujours hésitant.

– C'était surtout contraire à votre intérêt, votre intérêt à tous ! intervint Stanislas. Imagine un peu comment vous seriez aujourd'hui ! Si tu n'avais pas été aussi borné, ta femme vivrait avec toi, et je peux te jurer qu'elle ne serait pas dans cet état ! affirma-t-il avec colère.

– Arrête ta comédie ou...

– Tais-toi ! s'en mêla Élena toujours aussi furieuse, tu dis que Stanislas est un fou sans scrupule uniquement passionné par ses expériences scientifiques.

– Tu dis ça ? s'étonna Stanislas, taquin.

– Mais je crois qu'il n'est pas plus inhumain que toi. Tu ne m'aimes pas, père, tu n'aimes que tes sacro-saints principes ! »

Léonard ne se justifia pas. La vieille femme venait de se jeter dans ses bras, incapable de se retenir plus longtemps.

« Léonard, Léonard ! »

De sa voix éraillée, elle n'avait en tête que de retrouver l'homme qu'elle aimait, malgré sa propre déchéance physique, elle le connaissait, et il ne la repousserait pas. Elle l'avait quitté depuis tant d'années. Léonard l'accueillit sans hésitation, et la serra fort dans ses bras un long moment.

« Moi aussi vous m'avez manqué, monsieur Léonard ! intervint le géant à son tour, d'une voix puissante qui contrastait avec sa candeur.

– Saturne ? Mais oui Saturne ! Je ne t'avais pas reconnu, répondit Léonard, alors qu'il relâchait son étreinte pour ne pas meurtrir le petit corps fragile.

– Lui aussi n'est pas très physionomiste, ajouta Théo sans que personne ne l'écoute, évoquant la confusion qu'avait faite le géant au Zoo, entre lui et Léonard.

– Écoutez, c'est bien gentil les retrouvailles, mais je suis pressé. Mon bon vieux Léo, je te donne une chance de te racheter. J'ai le moyen de guérir Fleur à l'aide de la thérapie génique, mais comme tu le sais, ce traitement prendra des décennies. C'est pour ça qu'il faut que tu m'aides ! Donne-moi le secret de l'immortalité, et je lui rends la beauté et la force de ses vingt ans ! Tu lui dois bien ça ! Tu leur dois bien ça ! À Fleur, et à ta fille !

– Non, je ne peux pas !

– Tu ne peux pas ? Tu ne peux pas ? Mais tu n'as pas le choix, père, tu n'as pas le choix, si tu ne veux pas que je t'étrangle de mes propres mains et que je t'arrache les yeux. Mais pense un peu à ta femme ! Pense à moi ! Comment peux-tu être aussi égoïste ? »

Léonard ne trouvait pas d'argument à opposer. Sa fille connaissait déjà toutes ses théories, entendues en de nombreuses occasions. Il n'y avait vraiment rien d'autre à dire et il se prit lui-même à douter pour la première fois. Pour la première fois... Sa femme adorée, cette vieille épave qui était encore en vie, et qu'il tenait dans ses bras après tant d'années... Sa fille qui se révoltait avec véhémence, pour la première fois... Et ce sentiment de culpabilité qui remuait ses entrailles pour faire surgir la nausée. Pour la première fois, il se prit à voir les choses sous un angle nouveau. Toute son éthique qu'il croyait solidement ancrée en lui, toute son éthique vacillait sous le choc brutal des dernières découvertes. Il aurait préféré être foudroyé sur place. Il venait d'être foudroyé sur place.

« Ta fille a raison ! L'égo, ça va comme ça ! Tu exagères, mon vieux ! » revint à la charge Stanislas.

Après quelques instants, d'un chuchotement, il rendit les armes, déboussolé.

« Très bien, Stanislas. Tu as gagné... » accepta Léonard à voix basse. Il avait définitivement perdu son assurance.

« Tu dis ?

– J'accepte », répéta Léonard. Stanislas n'en croyait pas ses immenses oreilles. Il l'avait, en fin de compte, convaincu. Vaincu. *J'ai bien fait d'avoir d'abord la fille pour me payer le père*, se félicita-t-il.

Cependant, Stanislas n'était pas homme à se complaire dans l'autosatisfaction. C'était un homme d'action, un homme d'action redoutable. Il n'avait pas de temps à perdre.

« Très bien ! Examinons maintenant les modalités du transfert de compétence ! Et puis, il faut avant tout expérimenter. Tu n'as jamais tenté le traitement sur un humain, n'est-ce pas ? Mais ça ne devrait pas poser de problèmes vu les résultats miraculeux que tu as obtenus sur tous les autres chimpanzés. Tu es un génie, mon ami, un véritable génie ! »

Léonard ne l'écoutait pas vraiment. Agenouillé devant Fleur, il lui baisait les mains. Stanislas continuait à élaborer des plans à voix haute, et prenait des décisions au fur et à mesure de l'avancée de sa réflexion.

« Donc, on va commencer le plus tôt possible ! Avant d'attaquer sur les êtres humains, on va retenter l'expérience avec toi sur..., sur Tolstoï ! » Stanislas pointa son doigt vers son fidèle compagnon qui, vautré dans un coin de la pièce, daigna ouvrir un œil, avant de le couvrir de sa patte, comme s'il s'attendait à ce qu'une nouvelle malédiction s'abatte sur lui. Chienne de vie...

Stanislas poursuivit : « Évidemment, si l'expérience réussit, n'est-ce pas mon petit Théo, eh bien vous deviendrez volontaire. Vous serez le premier cobaye humain, c'est décidé. (Et comme Théo se levait brusquement pour s'y opposer :) C'est un honneur et une chance inouïe que je vous accorde, mon petit, vous en avez conscience, n'est-ce pas ? l'arrêta aussitôt Stanislas. Et toi aussi Borja ! Toi aussi mon cher Borja, tu auras le privilège de faire partie des premiers immortels !

– Mais...

– D'ici là, Théo, emmenez la petite famille pour qu'ils aient le loisir de se retrouver et de partager des moments ensemble. Ils ont tellement de temps à rattraper. » Théo n'eut pas la possibilité de s'opposer à quoi que ce soit.

***

Stanislas se retira pour gagner aussitôt la salle de projections holographiques. Le ministre attendait son appel, et interrompit ses affaires courantes pour lui parler en priorité.

« Alors ?

– Ça a marché !

– Parfait, Stanislas ! Je vous félicite ! Il faut se dépêcher de lancer une campagne de communication pour reprendre l'avantage sur le terrain.

– Oublions définitivement les projets de défertilisation ou d'extermination, conseilla Stanislas. Il vaut mieux encore supporter la révolte d'une partie de la population en gardant le pouvoir entre nos mains, que risquer le bannissement de la scène politique, en laissant transpirer des rumeurs aussi catastrophiques.

– Vous avez raison, Stanislas ! et il rebondit aussitôt, évoquant le responsable à l'origine des dernières complications. Vous avez trouvé la taupe ?

– J'ai ma petite idée.

– Ce n'est pas ce que vous m'aviez déjà répondu

la dernière fois ? Bon ! Sinon, quand pourra-t-on procéder à la première expérience humaine ?

– Le temps de déménager le laboratoire de Léonard à Généton, et qu'il s'attelle à la tâche. Je lui laisse quelques heures avec sa Fleur. J'ai déjà trouvé des volontaires. On pourra débuter le traitement, environ... disons vers la fin du week-end... sur mon brave Tolstoï !

– Je m'en fous de votre chien, Stanislas, je vous parle d'êtres humains comme vous et moi !

– Alors disons deux ou trois mois...

– Aussi vite ?

– Oui. »

Le ministre marqua une pause.

« Alors nous y sommes arrivés ? ... ... Nous serons immortels ?

– Il semble bien ! »

9 mois plus tard

21

Promesse électorale

« L'une des preuves de l'immortalité de l'âme est que des myriades de gens le croient. Ils ont cru aussi que la terre était plate. »

Mark Twain

« À la fin de 2009, il ne pouvait plus subsister aucun doute : les résultats de Divzinski étaient valides, on pouvait les considérer comme scientifiquement démontrés. Les conséquences pratiques, évidemment, étaient vertigineuses : tout code génétique, quelle que soit sa complexité, pouvait être réécrit sous forme standard, structurellement stable, inaccessible aux perturbations et aux mutations. »

Michel Houellebecq,
Les Particules élémentaires

Conférence de presse, 25 octobre 2041
Lorentz promet l'IMMORTALITE pour... TOUT DE SUITE ! Il appelle à voter pour lui !

La nouvelle a eu un retentissement sans précédent. La conférence a été suivie de manifestations de joie ou d'émeutes dans le monde entier. Les États les plus obscurantistes et les États religieux se sont indignés de la déclaration du ministre Lorentz, et ont fermement condamné les « apprentis sorciers qui prétendent prendre la place de Dieu ». Pour réagir, leurs populations barbares ont brûlé des drapeaux européens en défilant dans les rues. Voici le principal extrait de son discours, qui donne aussi des précisions sur les éclipses de l'inventeur de l'immortalité :

« Messieurs,

Léonard, de retour parmi nous, a renouvelé sa promesse au gouvernement de collaborer totalement pour mettre en place cette grande révolution. Après le succès obtenu sur divers chimpanzés et le chien désormais célèbre, Tolstoï, il traite depuis quelques mois les premiers cobayes humains destinés à devenir immortels : Théo Rohan, et Borja de Coligny, le fils de Stanislas de Coligny, que vous connaissez tous. En tant qu'agents particulièrement brillants et méritants de l'ODIN, ils ont eu cet honneur. Nous avons prélevé des cellules de chacun de leurs organes afin de retraiter leurs gènes et éviter ainsi le raccourcissement des télomères. Nous les avons ensuite réimplantées. Après avoir examiné les tissus cellulaires sur une période de quelques semaines, nous nous sommes aperçus que les cellules immortelles se reproduisaient bien, remplaçant les cellules non traitées, et cela sans que les télomères diminuent pour autant, évidemment. Pour le moment les résultats sont très encourageants. Pour vous prouver ma confiance dans cette révolution génétique, j'ai décidé, moi-même, d'être le prochain sur la liste des cobayes. Vous pouvez me croire, l'immortalité c'est possible, et en plus ça fonctionne ! Je vous en apporterai bientôt la preuve définitive !

Néanmoins, pour pouvoir aller au bout de cette aventure humaine ultime, cette aventure surhumaine, il faut encore nous aider. Nous avons besoin de vous ! Il serait en effet regrettable que nous soyons interrompus dans ces expériences extraordinaires par un contretemps fâcheux. Si vous continuez à nous faire confiance en votant pour nous cette semaine, nous vous offrirons ce dont vous n'avez jamais osé rêver.

Aussi, je tiens à démentir formellement et une bonne fois pour toutes, les rumeurs aberrantes concernant un nouvel holocauste que nous serions en train de préparer. Comment a-t-on pu faire circuler des idées aussi abominables ? Les personnes responsables de ces rumeurs sont des ennemis du gouvernement, des ennemis du progrès et de l'humanité, ou de vieux fossiles réactionnaires, qui par des procédés honteux de désinformation, essayent de dicter leur loi à nos démocraties en se fondant sur des superstitions d'un autre âge ! Notre but est de faire progresser l'homme, et non pas de l'exterminer. Nous nous sommes toujours rangés du côté des plus faibles et des plus démunis. Je vous rappelle qu'Eugenos et toutes les expériences qui précédaient avaient pour but premier de soigner les handicapés. Et nous, mesdames, messieurs, nous nous inscrivons clairement dans cette continuité ! ...

Je sais que le traitement d'immortalité, une fois commercialisé, coûtera cher, sera peu accessible, et que les premiers candidats seront les plus riches d'entre nous. Aussi nous avons décidé d'instituer une nouvelle loterie, où tous les mois, une dizaine de gagnants recevront gratuitement le traitement de la vie éternelle.

En attendant, si vous voulez un jour jouir de

cette thérapie ultime, de cette thérapie fabuleuse et définitive, je vous le répète, il faut nous aider. Votez pour nous aux prochaines élections et nous vous rendrons immortels ! »

22

Léo et Fleur

« C'est à cause que tout doit finir que tout est si beau. »

Ramuz, *Rencontre*

« Ô mon âme, n'aspire point à l'immortalité mais épuise le champ du possible. »

Pindare

Généton, 25 novembre 2041

« Je suis l'agent Théo Rohan, laissez-moi passer !

– Je sais qui vous êtes et vous ne passerez pas ! J'ai ordre de... »

Théo ne le laissa pas finir. Il plaqua sa main gantée sur la poitrine du conscrit trop consciencieux et déchargea. Un soubresaut, un seul, et le corps du gardien s'effondra à ses pieds. Théo récupéra dans une poche interne de sa combinaison une carte subtilisée qu'il présenta à l'identificateur. Il pénétra dans leur chambre. De l'intérieur, il tira le soldat gisant par les chevilles afin de le dissimuler.

« Léonard, Fleur, vous êtes prêts ? demanda-t-il d'un ton précipité, en se relevant.

– On te suit, Théo. Dépêche-toi, Saturne, nous avons peu de temps ! » pressa Léonard qui terminait de ranger ses cresps à tissu isolant dans une sacoche. Fleur, de son côté, enfilait un pantalon à prothèses. De ses mains gigantesques, Saturne souleva les bagages de Fleur et de Léonard, et se dirigea vers Théo, qui se retrancha dans un placard à temps pour ne pas être écrabouillé. Saturne lui en voulait encore d'avoir joué les Léonard, et Théo lui en voulait encore d'avoir perdu un lobe d'oreille. Le géant franchit le seuil de la porte et disparut.

Léonard devait encore régler une dernière chose. Il prit une lame qui traînait sur la table de nuit, s'approcha du lit sur lequel reposait un dispositif étrange, une sorte de vessie, relié par des câbles à un papier électronique. Léonard le poignarda à plusieurs reprises, puis jeta dans la corbeille l'outre dégoulinante d'un liquide épais et rouge. Il passa à son tour un pantalon à prothèses, interrogea Fleur pour être sûr que tout allait bien, lui sourit, et enfin fixa Théo. Ils étaient fin prêts. Avant de quitter la pièce, Théo en profita pour demander à Léonard.

« Il est obligé de venir ?

– Qui ? et Théo fit un signe de tête en direction de la porte qui masquait le géant.

» Allons Théo, ne sois pas rancunier ! déclara Léonard alors que Saturne avait repointé la tête à l'intérieur. Dis-lui que tu t'excuses Saturne !

– Je m'excuse ! » opina Saturne docilement.

Théo sursauta et fit volte-face, surpris d'entendre dans son dos la voix puissante du géant. Il soupira et sortit le dernier. Ils n'avaient pas de temps à perdre.

« Bon ! J'ai réussi à nous dénicher une navette spéciale de l'ODIN. Il faut se rendre au parking ! »

À vive allure, Fleur, Saturne et Léonard suivaient Théo. Ils traversaient les couloirs de Génétou d'un pas assuré, sans s'émouvoir des agents de sécurité ou des salariés qu'ils croisaient sur leur chemin.

« Merde ! » s'exclama Théo et il rebroussa... Trop tard...

« Salut Théo ! Tu as l'air diablement content de me voir ! » l'apostropha Élena, qui venait de surgir à un croisement, avant de porter son regard vers ses parents encore plus embarrassés.

« Qu'est-ce que tu fais là avec ma petite famille ? Mais vous avez tous l'air apprêtés pour une grande expédition ! Qu'est-ce qui se passe ?

– Le ministre leur a accordé une permission pour que Léonard souffle un peu... Qu'ils voient enfin autre chose que les murs bleus de Généton, répondit Théo.

– Une balade, alors ? Je ne savais pas ! On ne m'a pas prévenue.

– Ils veulent être tranquilles, sans compagnie, à part Saturne... En amoureux quoi ! Tranquilles !

– Je ne pense pas avoir été un poids trop important pour leurs épaules pendant ces trente dernières années, rétorqua-t-elle sans sourire, en s'adressant davantage à son père et sa mère qu'à Théo. Mon père m'a envoyée de pension en pension, il consacrait tout son temps au travail. Ma mère s'est sacrifiée pour moi en décidant de disparaître tout simplement de ma vie. Je crois que je les ai laissés assez tranquilles comme ça... Je viens avec vous... Et toi, au fait, tu es là à quel titre ?

– Je suis leur guide et leur chauffeur.

– Dévoué Théo ! Bon, allez, je vous accompagne ! » annonça-t-elle, sans laisser place à la discussion, et elle tapota l'épaule du brave Théo.

Théo jeta un coup d'œil à Léonard qui secoua la tête. Il ne fallait pas la mettre au parfum. Ils n'avaient pas le choix, ils allaient devoir improviser.

Arrivés au parking de Généton, Théo s'orienta vers une entrée spéciale sur laquelle était gravé l'aigle de l'ODIN. Il se plaça devant le micro analytique, déclina son identité, et décrivit les caractéristiques de l'engin réservé, afin d'être identifié par reconnaissance vocale. *Accès autorisé.* Ils se positionnèrent sur la plate-forme qui devait les conduire jusqu'à la navette. Élena monologuait, consciente qu'elle semblait la seule à ne pas être tendue, et qu'il se tramait sûrement quelque... quelque... quelque chose...

« C'est un sacré succès ces élections ! Lorentz s'est emparé d'un super ministère : la Santé, l'Intérieur et la Défense.

– Stanislas va pouvoir mener à bien toutes ses expériences, lui répondit finalement son père, pour entretenir la conversation.

– Tu aurais dit ses folies, il n'y a pas si longtemps, cher père.

– Il n'y a que les imbéciles qui ne changent pas d'avis, assura Léonard alors qu'Élena souriait, assez peu convaincue de ce repentir.

– Vous verrez ! Tu résistes encore, mais je vous promets qu'on sera bien tous les trois. Je suis sûre que tu te portes déjà un peu mieux, Fleur... Maman, se reprit-elle, tu commences à prendre des couleurs. Tu m'as manqué, tu sais ! Nous avons encore tellement de choses à nous raconter ! »

Alors qu'ils étaient conduits à la navette par le circuit automatique, Fleur lui caressa la joue de ses doigts noueux, rongés par l'arthrite. Élena ne ressentait plus de répulsion et la laissa faire. Les yeux de Fleur trahirent bientôt une lueur nouvelle. Son visage se décrispait, prêt à dégouliner. Les rides tendues de ses joues qui formaient des parallèles distinctes, se mirent à se croiser dans une grande confusion. Fleur pleurait.

« Pourquoi es-tu si triste ma... maman ? N'est-ce pas merveilleux ce qui nous arrive ?

– C'est merveilleux, Élena, c'est merveilleux », réussit-elle à prononcer d'un effort surhumain. Dès que la plate-forme stationna devant l'aéro, il s'illumina des couleurs éclatantes de l'ODIN, déchirant l'obscurité sinistre du parking.

Ils s'installèrent à l'avant de l'appareil, et Théo indiqua au routeur le chemin de la vieille ville sous le regard inquisiteur d'Élena

« Et voilà, je vais vous faire découvrir un petit resto, je ne vous dis que ça ! Saturne, je te laisse les commandes ! Tu n'as rien à faire... Juste à m'appeler quand on arrivera !

– Où vas-tu ? demanda Élena.

– Je vais me reposer à l'arrière. C'est plus confortable que la salle de pilotage, tu n'es pas d'accord ? » Et Théo lui adressa un clin d'œil.

Élena, d'abord méfiante, lui sourit. Le message était passé.

« Je ne sais pas. Il faudrait essayer. »

Dès qu'ils se furent retirés dans le compartiment situé à la queue de la navette, Élena le propulsa d'un coup de pied aux fesses sur le canapé. Théo s'était retourné, couché sur les coussins, prêt à la contre-attaque... Et il s'aperçut qu'Élena s'était déjà débarrassée de sa combinaison... Il reconnut, ébaubi, sa sublime nudité.

« Alors, tu prend les commandes, petit, ou je me me charge moi-même du pilotage ? » annonça-t-elle, dominatrice, et elle se jeta sur lui. Elle l'immobilisa en plaquant ses genoux sur les avant-bras de Théo, avant de les maintenir avec les mains. Elle parcourait le corps prisonnier en trémoussant son bassin, elle se frottait contre lui. Elle repéra le dispositif de fermeture fixé sur le nombril. Elle libéra une main puis pinça énergiquement la touche. Le vêtement de Théo se dégrafa, et elle s'aperçut que le membre s'était déjà levé. Parodiant les films du genre, elle agita sa langue pour qu'il puisse admirer sa vivacité et sa souplesse, avant de passer la pointe aiguë le long de sa lèvre supérieure, et d'éclater d'un petit rire bref. Puis elle redevint une bête dangereuse, aimant le jeu et la cruauté, et elle le fixait comme le prédateur se délecte de la proie qu'il tient entre ses griffes, et qu'il n'a pas encore mise à mort. Elle lui attrapa le sein d'une main brutale comme une tenaille, et elle léchouilla le téton, mordit la chair jusqu'au sang, avant de sillonner le torse de sa bouche haletante, d'attaquer le ventre, en s'attardant au nombril qu'elle tenta de percer de petits coups de langue rapides et mouillés, et d'atteindre, finalement, le bout du sexe dru. Elle titilla le gland en l'effleurant, multipliant les révolutions humides, et les frôlements exquis, puis elle l'engouffra dans sa bouche, jusqu'à le sentir dans sa gorge. Pendant qu'elle lui suçait le sexe avec voracité, elle pivota doucement jusqu'à placer ses jambes de part et d'autre de la tête de Théo, afin qu'il puisse aussi goûter sa vulve, qui étincelait d'une délicieuse rosée. Il ouvrit la bouche prêt à mordre dans le fruit. Il enfonça la langue dans la fente et sentit cogner contre ses lèvres avides le sexe épanoui d'Élena.

De son côté, Léonard considérait qu'ils avaient assez patienté et qu'il était temps de changer de cap. Il ordonna à Saturne de mettre le routeur à zéro pour un nouveau paramétrage.

« Tu es sûre, Fleur ? Tu es sûre de toi ? demanda-t-il de nouveau à sa femme.

– Oui, j'en suis sûre, Léonard.

– On peut encore changer d'avis ! Tu es sûre que tu ne veux pas faire un voyage dans le temps et retrouver la grâce et la beauté de ce jour où je t'ai rencontrée ? interrogea-t-il, lui-même, presque à regret.

– À quoi me servirait la beauté et la jeunesse, si... si je me sens vide pour l'éternité ? reprit-elle... Tu sais, Léo, malgré les années que la maladie m'a volées, je sais que la vie n'a de l'importance que parce qu'elle est bornée... Malgré mon état... Et pendant toutes ces années, eh bien j'ai continué à l'aimer et je remerciais le ciel de m'accorder chaque journée supplémentaire, parce que je savais, je savais que la vie est d'autant plus précieuse qu'elle est fragile, quel que soit l'état dans lequel on se trouve. Chacune de mes respirations est unique, Léo, car chacune est irréversible et me rapproche de la mort. Chaque minute est un nouveau privilège. Un privilège inespéré. L'immortalité abolirait ces privilèges. Chaque minute serait uniforme, sans le moindre sens. Des minutes d'ennui qui se succéderaient sans espoir. À quoi bon être jeune et belle, pour une vie si vaine ? Je ne demande qu'à passer le reste de temps qu'on voudra bien m'accorder à tes côtés, Léonard... Je t'aime Léo, c'est bien assez pour moi ! » Léonard profita de cet instant pour communier, pour admirer sa détermination et la chérir. Il ne voyait plus que le regard de Fleur, le regard qu'il avait connu avant qu'elle ne soit défigurée par la maladie, et bientôt, il vit davantage, le visage accidenté et vieilli reprenait forme, s'adoucissait, la surface se lissait pour reprendre l'éclat et la beauté du passé, et il sentait qu'il l'aimait avec autant de force qu'autrefois. Il embrassa la joue ridée, contempla encore sa Fleur pour profiter un peu plus, puis s'arracha, il revint à leur situation présente.

« On aurait dû réagir plus tôt ! s'accusa Léonard.

– Je n'ai pas osé. Pour Élena... Je ne pouvais pas refuser... Elle a déjà tellement souffert !

– Tu crois qu'elle nous déteste ?

– Non. Elle nous en veut énormément… C'est tout… (Et Fleur ajouta, lapidaire :) Mais elle nous détestera sûrement d'ici peu ! »

Léonard éclata de rire. Fleur prit une mine déconfite, puis sourit timidement. C'était tellement sa Fleur… Cette manière de s'exprimer… Lancer une affirmation, avant d'en prendre le contre-pied… Il retrouvait sa Fleur avec son ironie tendre et brutale. Malgré les événements, en cet instant, Léonard se sentait heureux.

« Je t'aime, Fleur », et Léonard approcha ses lèvres de la bouche de sa vieille femme qu'il adorait.

« Allez Saturne ! indique notre nouvelle destination ! Il faut les prévenir. C'est notre seul refuge, à présent. Je t'aime, Fleur, répéta-t-il !

– Moi aussi je vous aime tous les deux, mais je ne comprends rien ! » répondit Saturne qui n'avait toujours pas réussi à manœuvrer le routeur. Léonard se pencha vers les commandes, et écarta les gros doigts maladroits pour indiquer lui-même le lieu d'arrivée.

Depuis une salle de contrôle de Généton, Borja avait activé les cammouchards secrets de la navette qu'il pouvait contrôler à son aise, grâce à ses droits spéciaux d'administrateur. Il suivait sur son écran les évolutions de la petite équipée. Il vit Élena, enfourchant Théo, et qui ruait comme une diablesse. Il vit Léonard, Fleur et Saturne. Par une dernière manipulation, il se renseigna sur le lieu d'arrivée qu'avait reprogrammé Léonard. Effleurant du doigt le signal d'alerte… il s'abstint.

23

Les alliés inattendus

« Ainsi les derniers seront les premiers, et les premiers seront les derniers. »

Bible, Matthieu, 20-1

Réserve du Zoo, 25 novembre 2041

L'aéroglisseur portait la marque de l'ODIN et Léonard transféra les certificats requis via le protocole sécurisé sur leur tablette électronique. Les gardiens n'avaient aucune raison de refuser le passage. Aucun ordre du ministère ou de Généton à ce sujet ! Le mur d'enceinte semblait se fissurer au centre, et bientôt l'ouverture fut suffisamment large pour que la navette puisse pénétrer. Quelques minutes plus tard, l'engin s'arrêta de nouveau.

« Tu peux me détacher, Théo ! J'ai l'impression que nous sommes arrivés, constata Élena, allongée nue sur le canapé, le corps ramolli de satisfaction, les bras et les pieds ligotés. Je ne souhaite pas que mes parents me découvrent dans cette tenue, et elle leva ses avant-bras pour montrer le nœud autour de ses poignets, et lui adressa un sourire coquin.

– Tu as raison ! » Théo récupéra son vêtement

qui traînait au sol pour lui couvrir les jambes et le remonta au-dessus des seins.

« Qu'est-ce que tu fais ? Détache-moi, idiot ! ordonna-t-elle. Où sommes-nous ? Théo, où sommes-nous ? » Elle s'affolait, soudain consciente d'avoir été piégée.

« Arrête de gigoter ! Tu te fatigues inutilement ! Chacun son tour ma chérie ! Tu ne trouves pas les événements parfois symétriques et inattendus ? Comme une justice divine ! Ceux qui trompèrent, seront à leur tour trompés... Ceux qui manipulèrent Théo pour délivrer leur père seront manipulés par Théo pour qu'il délivre leur père, précisa-t-il sardonique, il y a de la beauté dans tout ça, une certaine esthétique, tu ne trouves pas ?

– Arrête ton charabia, et détache-moi ! » Théo réfléchit un instant et lui avoua d'une voix libidineuse :

« Je te préfère attachée et disponible. (Et il ajouta :) À défaut d'être docile ! »

Théo s'approcha alors de sa gorge dénudée, et lécha la peau tendue et appétissante, avant de mordre dans la chair juteuse pour introduire une capsule de somnifère. Élena fermait les yeux quelques secondes plus tard.

Théo, après avoir récupéré sur une étagère un cresp moulant en stretch adaptable à toutes les tailles, quitta la cabine, et s'en alla rejoindre les autres dehors.

Ils étaient de retour à la réserve du Zoo.

Théo les retrouva à quelques mètres de l'aéro. Fleur donnait des instructions à Saturne, qui écoutait attentivement en roulant des yeux.

« Appelle les chefs de clan et dis-leur de se rassembler ! Dis-leur qu'à l'extérieur, on prépare une attaque pour exterminer tous les habitants de la réserve, et qu'ils doivent s'allier s'ils veulent être en mesure d'affronter les forces de l'armée gouvernementale. Ils n'ont pas le choix ! Donne-leur rendez-vous devant la vieille mairie dans deux heures. Qu'ils détruisent toutes les caméras visibles sur leur passage ! Ils sont en danger, Saturne, il faut qu'ils comprennent.

– Tu es sûre qu'ils le prendront au sérieux ? s'inquiéta Léonard.

– Tu leur diras que tu viens de ma part, Saturne. Ils me connaissent tous. J'ai enseigné à la majorité d'entre eux, expliqua-t-elle à Léonard. Allez dépêche-toi, Saturne, fonce, fonce ! »

Ils le suivirent des yeux jusqu'à ce qu'il s'évanouisse derrière les ruines des bâtiments. Leur silence trahissait une inquiétude.

« C'est incroyable qu'ils ne nous aient pas encore interceptés ! s'étonna Fleur.

– Ils ne tarderont plus ! prédit Léonard, l'œil sombre. Mais ils auront davantage de difficultés à s'aventurer ici ! Ils vont sans doute venir en force. Ne traînons pas... il faut nettoyer la place de la mairie pour accueillir les leaders et préparer le spectacle ! Et puis il faudrait construire une estrade ou une tribune. Qu'en penses-tu, Fleur ? C'est une bonne idée, n'est-ce pas Théo ? » Quand il parlait de nettoyer la place, Léonard visait clairement Théo. Théo avait bien compris. Fleur acquiesça à cette proposition, d'autant plus séduisante, qu'elle n'aurait pas à lever le petit doigt.

« Ça vous dirait ça, comme estrade, par exemple, plaisanta Théo rageusement, alors qu'il venait de ramasser une caisse en bois pourrie traînant à ses pieds, parce que vous n'allez pas en plus, être exigeants ! » Il n'arrivait pas bien à réaliser comment il débarrasserait, à lui tout seul, une place encombrée d'un nombre vertigineux d'objets et de détritus pharmaceutiques, datant de l'époque où le Zoo était encore un centre de soins : des vieilles seringues usagées, des rouleaux de pansements, des caisses éventrées, des sacs en plastique... Et chacun de ces déchets était reproduit en milliers d'exemplaires ! Le travail nécessitait au moins, en temps plein, sur une période de deux journées, cinq équipes de Clean&Wash, la société de balayage la plus efficace du continent. Mais apparemment ici, et pour l'instant, il était le seul être valide.

« Allons Théo, ne fais pas ta mauvaise tête ! Allez quoi ! Au diable, la paresse ! Haut les cœurs, haut les cœurs ! l'encouragea impitoyablement Léonard, et Fleur de reprendre :

– Tu ne peux quand même pas demander à deux pauvres vieillards de faire le boulot !

– En tout cas, ne comptez par sur moi pour passer le balai ! » annonça-t-il, sans concession. Puis il exécuta sa tâche d'éboueur.

Une heure plus tard, Théo débarrassait encore, évidemment. Il avait réussi à constituer une sorte de tribune, à l'aide de planches qu'il avait posées sur un amas compact de détritus bien tassés. Il fit une pause et s'approcha de Léonard, appuyé contre la navette, dans un état méditatif. Celui-ci lui avait apporté un Soda-Sweeps, une boisson gazeuse chocolatée en vogue cette année.

« Vous pensez qu'on pourra s'en tirer ? demanda Théo avant de vider sa canette d'un trait, et d'essuyer son front dégoulinant de sueur avec la boîte métallique encore fraîche.

– Encore une petite heure, et tout ça paraîtra un peu plus propre, vous faites du bon boulot, le félicita Léonard.

– Je parlais de se tirer vivant du Zoo.

– Pour le premier immortel, vous êtes sacrément courageux mon petit, plaisanta Léonard, mais c'est vrai qu'être immortel ne rend pas invincible. Il y a toujours le risque de se faire couper en petits morceaux par des tirs de photons et des machettes en titanium, ou de se faire atomiser par un missile », ajouta-t-il goguenard à l'adresse de Théo. Puis après un temps, il reprit :

« Stanislas a encore besoin de nous ! Je suis la seule personne assez expérimentée pour retraiter les cellules et les rendre divisibles indéfiniment. Une grande partie de mon savoir n'a pas encore été communiquée.

– Stanislas en sait déjà assez pour reprendre vos recherches et reproduire vos résultats d'ici quelques années.

– C'est vrai ! Deux à trois années, je pense, mais c'est déjà long. Il peut se passer beaucoup de choses d'ici-là. Le climat politique est très instable. Ils n'oseront pas risquer de perdre le pouvoir une nouvelle fois.

– Et vous n'avez pas d'états d'âme à brûler vingt années de travail », s'enquit Théo avec compassion. Léonard soupira avant de répondre.

« J'espère ne pas en arriver à cette extrémité ! Ce traitement ne sert pas uniquement à l'immortalité. À l'origine, il devait être utilisé exclusivement à la régénération de certains organes ou de cellules malades, voire de cellules atteintes de sénescence avancée, les maladies dégénératives, en somme. »

Léonard scruta Théo au fond des yeux, puis il résolut de se jeter à l'eau.

« À ce sujet, j'ai une petite chose à vous confier, mon brave Théo.

– Je suis votre serviteur, Léonard ! »

Léonard retira un faux ongle de son index, et expliqua à Théo comment le fixer à son doigt.

« Voilà, il s'emboîte grâce à un système astucieux et pour l'enlever, c'est simple, vous cliquez sur les deux petites pinces de chaque côté.

– Qu'est-ce que c'est ?

– L'ensemble de mes recherches de ces dernières années codées elles-mêmes sous forme d'ADN.

– Belle mise en abyme ! félicita Théo plus amusé qu'admiratif.

– N'est-ce pas ! Bon écoutez-moi bien... Si vous vous en sortez... Et que la menace Stanislas disparaît... Il faudra aller voir un certain Baxer... C'est un ami qui travaille sur les premiers ordinateurs à mémoire génétique, et qui dispose du second prototype capable de lire cette puce. Le premier a été détruit par mes propres soins avant de quitter Généton.

– Je suis sûr que vous lui confierez vous-même ! affirma Théo et il tourna la tête vers le boulevard désert comme s'il essayait de percevoir quelque chose au loin.

– Dieu vous entende !

– Et vous ? Vous entendez ce bruit ? » Un nuage de poussière s'éleva à l'horizon, et ils purent bientôt distinguer un aéro. Fleur les avait rejoints.

« Ils nous ont finalement rattrapés », commenta Fleur d'une voix résignée comme si tout avait été écrit depuis l'origine dans quelque grimoire surnaturel.

Le grondement s'amplifiait, et ils virent une seconde navette officielle de l'ODIN se précipiter à leur rencontre.

« Léonard, entrez vous mettre à l'abri ! Accompagnez Fleur. Je prends les commandes, on va tenter de les semer, finit par réagir Théo.

– Mais la réunion doit avoir lieu ici ! s'inquiéta Fleur.

– On reviendra ! »

Théo était rentré en trombe dans la cabine de pilotage. Il enclencha la conduite manuelle, s'accrocha au volant, et démarra au quart de tour. La seconde navette ne tarda pas à le rattraper, mais Théo braqua soudain dans une autre direction, la prenant de court. Il reçut un message lui enjoignant de s'arrêter, il commettait un délit de fuite passible d'une sévère peine d'emprisonnement. Il se lança alors dans une course effrénée à travers les ruelles du Zoo. Après avoir parcouru une centaine de mètres dans un passage sombre et étroit qui semblait bouché par deux carcasses de voitures, au lieu de ralentir, d'un mouvement brusque du volant, il réussit à faire pivoter l'engin sur son aile, et, propulsé par son élan, il passa entre les obstacles. Mais son chasseur effectua la même manœuvre sans trop de difficultés. Toutes ses tentatives pour le semer échouèrent les unes après les autres, et bientôt, Théo se retrouva sur la place de la mairie. C'est alors que l'autre navette les heurta de plein fouet. Leur trajectoire fut déviée, et l'engin, accompagné d'un jaillissement d'étincelles, frotta contre un solide grillage d'acier qui longeait plusieurs bâtiments, avant de terminer brutalement sa course au contact d'un mur indifférent.

L'aéro, sur son côté gauche, présentait une large brèche qui avait dévoré plus de la moitié de l'aigle symbolisant l'ODIN. En quelques secondes, des agents cernèrent le trou béant, prêts à s'y engouffrer.

« Notre escapade a tourné court ! » déclara Léonard.

Théo avait abandonné les commandes. Il s'était couvert derrière la paroi de l'engin, près de la nouvelle issue créée par le choc, et tirait au hasard, avec son pistolet à photon. Il abattit deux soldats, avant que les autres ne mettent en place un désactiveur qui neutralisa son arme.

Théo entendit alors des voix familières.

« Salut petit ! Alors on fait dans la résistance ? Qui plus est, désespérée ! On veut mourir en héros ?

– Tu sais qu'on en fait plus des types comme toi ? poursuivit une voix de femme, t'es vraiment trop craquant !

– Borja ? Lili ? interrogea Théo.

– Je suis venu spécialement pour toi, mon petit ! Pour te donner une fessée ! »

Théo lâcha son pistolet devenu inutilisable, et s'exposa, en s'avançant jusqu'au milieu de la brèche.

« Je t'attends, Borja ! le défia-t-il. Je t'ai déjà vaincu une fois ! Je suis prêt à récidiver !

– Je croyais que les héros connaissaient les bonnes manières, et qu'ils faisaient d'abord les honneurs aux dames », s'y opposa Lili, et elle confia son fusil-mitrailleur à son frère, avant de se mettre en garde. Théo, qui venait d'être rejoint par Fleur et Léonard, bondit hors de l'aéro, et atterrit au sol face à Lili.

Théo se méfiait autant de Borja que de sa sœur, Lili. Il ne se décidait pas à lancer l'offensive. Cette fille qu'il devait battre, faisait surtout battre son cœur. Elle ne lui laissa pas le temps de réfléchir longtemps à ses conflits intérieurs, et lui distribua une série de coups de pied qu'il para tant qu'il put, jusqu'à trébucher sur une caisse de pansements usagés. Alors qu'elle s'approchait pour lui administrer une nouvelle volée de coups, il roula en boule pour essayer de la faire valser comme dans un jeu de quilles. Elle bondit pour l'éviter, mais les deux mains de Théo s'élevèrent alors qu'il roulait sur le sol, pour lui attraper les jambes et lui faire perdre l'équilibre. Elle se vautra à terre, sur le dos. Il se jeta aussitôt sur elle, le torse appuyé contre sa poitrine qui gonflait sous l'effort, en tentant de bloquer ses poignets avec les mains. Poitrine contre poitrine, tête contre tête, Théo était tenté de l'embrasser, mais elle nourrissait des sentiments pour le moins différents, en tout cas, à ce moment précis. Théo se releva sur les genoux sans la lâcher. Après quelques mouvements, Lili, souple comme une féline, élança ses jambes dans le ciel, et d'une courbe élégante, effectua un trois-quarts de cercle jusqu'à la tête de Théo, qu'elle attrapa entre ses chevilles. Elle le renversa. Il s'était remis sur les genoux, quand elle enfila ses bras sous les siens, et, après les avoir passés de l'autre côté de son torse, elle agrippa la tête de Théo. La prise ne lui laissait plus aucune chance de mouvement. Il le savait pour la pratiquer. Elle prit alors sa respiration, pour faire ce qu'on fait, en général, dans ces cas-là... Briser la nuque d'un geste brusque et précis.

« Lâche-le, Lili ! On s'est assez amusé ! ordonna soudain Borja.

– Je le lâche ? demanda Lili, sans surprise.

– Tu le lâches.

– Bon ! » et elle le lâcha. Elle se replaça aux côtés de son frère.

« Relève-toi, Théo ! » et Borja tendit les mains pour l'aider à se remettre sur ses pieds. « Tu as déjà fait assez de dégâts, en mettant deux de nos agents hors de combat. Bon vous autres, nettoyez-moi cette place ! Il faut que ce soit propre d'ici une quarantaine de minutes », ordonna Borja aux agents de l'ODIN.

Fleur et Léonard, sur leurs gardes, ne s'expliquaient pas ce revirement étrange. Théo, assuré depuis quelques instants, que l'immortalité était décidément impraticable, se remettait de sa stupeur, et de la grâce que lui avait accordée la vénérable Lili.

« Tu veux dire que vous êtes avec nous ? » interrogea Léonard. Borja questionna sa sœur du regard et répondit.

« Je pense que ça ressemble à ça ! Nous sommes avec vous !

– Comment ça ? » Théo, non content d'avoir eu la vie sauve, réclamait davantage d'explications. Borja leur annonça :

« Nous sommes une petite trentaine. Nous avons décidé de rejoindre vos rangs... Depuis quelque temps déjà... Sympa, non ?

– Vous saviez alors que nous allions nous échapper ! s'exclama Léonard.

– C'est sûrement la dernière farce de Stanislas ! » répliqua Théo, le sceptique.

24
Les chefs de clan

> « En décembre, la nouvelle se répandit dans la forêt qu'une réunion de toutes les armées « vertes » de la région de Wilejka devait avoir lieu la nuit de Noël...
> Ils sortirent de leurs trous et glissèrent comme des ombres à travers la forêt silencieuse que la neige recouvrait. »
>
> Romain Gary,
> *Éducation européenne*

Réserve du Zoo, 25 novembre 2041

« Dites-moi, Stanislas, vous le faites exprès ? Vous passez votre temps à le laisser filer, ce type ! C'est devenu une véritable passion pour vous ! assena le ministre avec plus de colère que d'ironie.

– Plusieurs trahisons... Imprévisibles ! expliqua Stanislas laconique.

– Oui, il paraît ! Comme Théo, par exemple, le premier humain immortel qu'on devait présenter aux journalistes cet après-midi ! On a l'air fins... Au moins, il reste l'autre, Borja, votre fils préféré. Il est prêt ?

– En fait, je l'ai envoyé récupérer Léonard.

– Bravo ! Et vous avez oublié que nous avions une conférence aujourd'hui même ? Bon... Sinon... Il l'a repris ? Il en est où ?

– Je n'ai pas de nouvelles. »

Le superministre Lorentz s'arrachait les cheveux. Après un temps de réflexion et un crâne plus dégarni, il semblait mûr pour une décision. Il déclara d'un ton ferme.

« Ils nous forcent à précipiter notre plan d'action, n'est-ce pas ?

– Il a voulu s'y rendre pendant qu'il était encore utile. C'est logique ! Lui là-bas, on ne pourra pas nettoyer le Zoo. Sauf si on l'élimine !

– Le sacrifier ? Hors de question, il est le seul à...

– Nous sommes d'accord.

– Eh bien ! Comment a-t-il appris qu'on allait raser le Zoo ? Je croyais qu'il s'agissait d'informations confidentielles ! Décidément, votre service est une vraie passoire ! Je vais envoyer les effectifs nécessaires pour le récupérer une fois pour toutes et dorénavant, je me chargerai de sa garde personnellement, annonça Lorentz vindicatif.

– Et l'opinion publique, Lorentz ! lui rappela Stanislas, si Léonard se range du côté des zoonards ?

– J'emmerde l'opinion ! On vient de gagner les élections ! De toutes manières, notre propagande a assez duré. L'opinion est mûre pour qu'on puisse en finir avec le Zoo, et le ministre se reprit, hésitant. Mais vous avez raison, je vais tout de même concocter une petite campagne de presse. Je déclare l'état d'urgence, Stanislas, l'état d'urgence ! »

Sur la place de la mairie, une cinquantaine de leaders mutants, zards, ou tueurs, représentaient les cinquante mille habitants du Zoo. Ils portaient tous des accoutrements différents pour se singulariser, allant des banales vestes de sport dynamiques en tissu moulant les plus en vogue à l'extérieur, et passées au Zoo en contrebande, aux fourrures excentriques en peau de chat, incrustées de griffes et assorties de colliers en dents humaines. Certains tombaient dans les bras les uns des autres, heureux de l'occasion pour se retrouver, d'autres s'observaient avec mépris ou suspicion.

Devant la tribune, chacun avait déposé un certain nombre de cadavres métalliques de caméras mobiles. Quelques-uns les exposaient éventrées au bout de leurs lances comme des trophées. Les tas volumineux qui s'accumulaient contre l'édifice de la mairie témoignaient du carnage. Postés aux quatre coins de la place, des hommes de guet vérifiaient qu'aucune caméra survivante ne tenterait d'espionner l'assemblée. Dès que l'une d'entre elles était repérée, quatre à cinq hommes partaient à sa poursuite et la déglinguaient avec un appétit de destruction jouissif.

« Le bouche à oreille a bien marché. Ils sont pratiquement tous là ! signala Fleur à Léonard.

– Bon ! Il est temps que je leur parle. Parfait, Borja, c'est parfait ! » et il remercia son neveu qui terminait de lui installer un micro au coin de la bouche. Léonard monta sur la tribune avec difficulté. Fleur demanda à Borja de la hisser à son tour. Le brouhaha s'apaisa peu à peu, et Léonard prit la parole :

« Bonjour, je suis Léonard Jansen. À mes côtés, certains d'entre vous reconnaîtront, sans doute, celle qui fut leur professeur, il y a de nombreuses années. Ma femme Fleur.

– Fleur ! Fleur ! Fleur ! » ovationnèrent les zoonards amusés mais unanimes. Fleur, émue, les salua d'une main tremblante. Léonard reprit.

« Certains d'entre vous me reconnaissent peut-être aussi. Autrefois, je travaillais ici, dans ce qui ne s'appelait pas encore le Zoo, ou la Zon pour reprendre votre propre terme. Je travaillais pour soigner certaines maladies génétiques. À présent, vous avez pu lire mon nom dans les journaux que vous réussissez à vous procurer de l'extérieur. J'y suis cité comme l'inventeur de l'immortalité.

– Et alors, on doit taper des pieds aynch'ayn ? se méprit un zard, qu'est-ce qu'on en a à treuf ? demanda-t-il, agressif, dans son dialecte.

– Tu nous propes l'immortalisme et d' se tap' cet' ive demèr pour toujours sans jamé creuv ? t'es ouf *man*, complètment ouf ! poursuivit un deuxième dans son jargon, rendu encore moins accessible par son accent prononcé.

– Non ! répliqua Léonard à ce qu'il avait cru comprendre, je ne vous propose pas l'immortali-euh-tisme... Je viens vous mettre en garde contre un danger, et je viens vous aider à vous défendre.

– Pas bzoin de oit pour aç *man* ? On se déb tout seuls dans la Zon », répondit fièrement un zard encapuchonné d'un bonnet pointu, et les autres l'approuvèrent de leur cri *Yep, yep, yep*, en agitant l'index et l'auriculaire. Fleur s'aperçut que Léonard éprouvait des difficultés manifestes à communiquer avec la population du Zoo. Elle lui tapota l'épaule, et lui fit signe qu'elle prenait le relais, espérant peut-être mieux les atteindre. Borja détacha le micro de la bouche de Léonard pour l'installer à celle de Fleur.

« Écoutez, Écoutez-oim, commença-t-elle dans le même langage qu'elle avait eu l'occasion de pratiquer durant ses années au Zoo, on fait aç pour vous éviter de tous creuv ! Je vous jure sur le coran de la Kèm, que c'est dans vot' intérêt à tous de collab, bande de zoonards merdics et arrêtez de golri ! » menaça-t-elle avec une voix plus ferme qu'à l'habitude. Léonard la fixait stupéfait. Seul Saturne et les zoonards semblaient trouver sa prononciation naturelle. Théo, Lili, Borja et les autres agents, à voir cette petite chauve édentée, couverte de rides et rongée par l'arthrite, en train de s'exprimer dans un langage connu pour la rudesse de sa phonétique et la brutalité de ses expressions, esquissaient un sourire gêné. Fleur poursuivit, à la limite du burlesque pour les uns, mais elle semblait produire son effet sur l'assemblée.

« Léonard s'est fait chourav ses recherches par des tunés, des enculés ! Y veulent l'immortalisme. Y s'prennent pour des surhommes et nous, dit-elle, s'incluant elle-même dans le lot, pour eux, on est juste une bande de bouffons, des zonasses à técla ! Vont v'nir niquer not' face ! Léonard est là pour nous prévenir, pour nous aider. Zont bzoin de lui. S'y reste ici, zoseront pas tout défoncer. C 'est pour aç que maintenant, faut arrêter de sucer des queux. Vous voulez vous faire troncher comme des tasspé en rut, bande de bâtards ? Alors faut se prép à la marave. Faut pas qu'y chopent Léo. Léo, c'est not' bouclier humain, mes frères.

– Mais j' croyais qu'y avait pas encore de surhomme, interrogea un mutant bien informé qui avait trois têtes de plus que tous les autres.

– En effet, pas encore mais il y en aura bientôt des tas ! » rétorqua Léonard, en poussant sa voix autant qu'il le pouvait. Il s'expliqua : « Sont déclarés surhommes, tous ceux qui figurent sur les nombreuses listes d'attentes de Généton afin de se faire eugéniser et immortaliser, déclara-t-il pour simplifier. En somme, les plus riches, et ceux qui tiennent les ficelles du pouvoir, ou qui le soutiennent.

– Ouais, j'le reconnais c'est m'sieur dictionnaire ! » plaisanta un vieux zard, qui se souvenait encore de ce mot désaffecté dans cette zone. Il ne fit rire que son entourage le plus proche, constitué d'autres vieillards zard.

« Et pourquoi sont tellement pressés de nous déf' la face ? enchaîna un autre.

– Ils veulent capturer des cobayes humains pour des expériences génétiques inédites et ils ont besoin de place. Ils veulent récupérer toute la Zon pour créer un centre dédié aux immortels, expliqua Léonard.

– Putain les enculés ! Ils veulent nous transformer en piaf comme Ptero ! en déduisit un zard près d'un mutant retraité par un fou avec des gènes d'oiseau. Hé Ptero... tu m'apprendras à voler dis ? demanda-t-il, avant de constater : Hé Ptero, t'as perdu tes plumes ? Quelqu'un a essayé de te bouffer ?

– Ptero nique ta race ! » lui répondit l'intéressé, utilisant une expression zard tout en imitant leur accent, avant de l'allonger à terre d'un déploiement d'aile déplumée. Tous s'esclaffèrent, avant que Borja ne prenne à son tour le micro, pour organiser le rassemblement des troupes.

Il convoqua les chefs les plus influents sur les conseils de Fleur et Saturne. Ceux qui n'étaient pas sur la liste grognèrent de dépit, mais, devant le péril de la situation, ils s'en allèrent finalement rejoindre leurs hommes, et attendre les instructions. Il fallait préparer une stratégie de défense. Le plus vite possible.

Le Monde, 26 novembre 2041

Déclaration de l'état d'urgence par le Superministre Lorentz

Article passé à la relecture du Ministère et corrigé. Prêt pour diffusion immédiate dans tous les autres journaux.

Des mouvements de troupes dans le Zoo révèlent que ses occupants se préparent à livrer bataille contre nos populations. Voilà déjà plusieurs mois, que l'on relève des incidents à la périphérie du Zoo. La menace est maintenant certaine. Il est probable que ses habitants, les zoonards, ont trouvé le moyen de franchir la muraille. Ils sont à présent en mesure d'attaquer les villes voisines. Nous sommes en danger. L'armée encercle la zone, mais elle ne sera peut-être pas suffisante pour les contenir. Des rumeurs signalent qu'ils auraient réussi à se procurer des armes de destruction massive. Sans oublier que les zards sont connus comme étant de redoutables guerriers. Quant aux tueurs, n'en parlons pas ! Le pays a peur. Combien de temps allons-nous vivre dans l'angoisse d'être égorgés par ces êtres maléfiques ? Le gouvernement, d'abord réticent, ne semble plus avoir d'autres alternatives que de se préparer au combat ! C'est eux ou nous ! Nous sommes dans un cas typique de légitime défense.

Pour opérer sans contraintes et sans procédures inutiles, le Ministre Lorentz a déclaré l'état d'urgence. Ce soir, le Parlement décidera si l'ensemble des pouvoirs reposera entre ses mains, le temps que cette crise soit réglée.

Quant à ceux qui protestent et défilent, leurs principaux représentants ont été arrêtés dans la matinée. On ne peut pas laisser les haineux et les inconscients s'exprimer sans fin au mépris de la sécurité de nos populations. Ils seront jugés responsables des...

25
Préparatifs

« Que de maux et de pleurs nous coûteront nos pères ! »

Pierre Corneille, *Le Cid*

Réserve du Zoo, 4 décembre 2041

Saturne tentait de le saisir, mais il ne brassait que du vent... En vain... Autant saisir la foudre... Borja le prenait de court, beaucoup trop rapide, et l'agaçait par des contre-attaques qui consistaient à lui ébouriffer les cheveux, sans pour autant cogner. Au Zoo, tout le monde s'entraînait en vue du futur combat. Les troupes gouvernementales ne tarderaient plus. Les agents de l'ODIN ralliés à Léonard encadraient les bandes de zards et de mutants qui arrivaient chaque jour plus nombreux. Les tueurs, laissés à eux-mêmes, patientaient de leur côté. De toute manière, personne n'osait les approcher. Toutes les armes emportées dans l'aéro étaient distribuées aux nouvelles recrues au fur et à mesure de leur arrivée. Les hommes armés étaient répartis en files, avant d'être ensuite dirigés vers des agents de l'ODIN devenus instructeurs, et ces derniers se chargeaient d'expliquer le maniement des mitraillettes à photons, des grenades asphyxiantes, etc. Certains chefs de clan contribuaient de leur côté à l'effort de guerre. Grâce à leurs filières à l'extérieur, ils s'étaient procuré des caisses de fusils à photons. Mais il paraissait de plus en plus probable qu'un grand nombre de zoonards ne seraient pas équipés. Du moins, de cette manière... Ils allaient devoir faire avec les moyens du bord... En somme, pas grand-chose.

Borja avait encore réussi à passer la main dans les boucles noires du géant qui grognait de colère, quand il fut interrompu par une voix familière.

« Ils t'ont repéré par satellite, Borja ! Une navette de diplomates vient d'arriver. Ils veulent te parler, suis-moi ! » lui annonça Théo plus méfiant que jamais. Borja n'avait pas besoin de faire beaucoup d'efforts pour s'en rendre compte. Il mit fin au combat en bondissant sur Saturne, qui l'attrapa par les jambes, le recevant comme la bien-aimée qu'on étreint après une longue absence, et Borja lui baisa le nez.

« On recommencera ! promit Borja. Saturne, ému, le lâcha, et Borja se tourna vers Théo.

– Tu es toujours persuadé que je joue au cheval de Troie, mon pauvre Théo ?

– Je ne te cacherai pas que tes motivations restent insaisissables. Je ne suis pas le seul à le penser ! » et Borja s'aperçut qu'Élena, embusquée quelques pas derrière Théo, l'accompagnait. Si Théo l'avait libérée, il surveillait tous ses faits et gestes.

« Salut ! » Borja ne savait pas quoi dire... « Tu dois perdre un peu la boule avec toutes ces histoires, pas vrai !

– À quoi tu joues, Borja ? interrogea-t-elle sans lui rendre son salut.

– Eh bien ? Où est-ce que je vous accompagne ? » demanda-t-il à son tour sans répondre à sa question.

Lili, dans son uniforme de combat qui mettait en valeur son anatomie plantureuse, les attendait devant l'aéro avec une dizaine d'agents ODIN qui la reluquaient en silence. Elle semblait discuter avec l'un des émissaires, vêtu d'un costume noir et blanc à col Mao de chez Grudi, l'habilleur le plus prisé des gens de pouvoir.

Théo fit signe aux agents ODIN de prendre le contrôle de la navette. Après quelques instants, l'un des hommes aboya pour leur signaler que l'engin était sécurisé. Ils pénétrèrent à l'intérieur. Plusieurs chargés de mission du ministre Lorentz les reçurent avec cérémonie. Ils leurs servirent tout le protocole, en passant des formules de politesse interminables aux courbettes serviles, de mise pour les rencontres internationales de la plus haute importance. Ils les installèrent autour d'une table au bout de laquelle était disposé un panneau à hologrammes. L'image de Stanislas leur apparut. Il ne cachait pas son mécontentement. Il semblait... Quelque chose de douloureux émanait de son visage. Oui... Il semblait altéré. Comme si quelque chose avait entamé l'indifférence joyeuse qui le caractérisait...

Il s'adressa à Borja, sans faire cas du reste des personnes présentes.

« Ah ! Borja, Borja, Borja ! » répéta-t-il lentement, mais il ne réussissait pas à poursuivre... À formuler ce qu'il avait sur le cœur.

« Père, père, père ! » répéta à son tour Borja cruellement. Cette ironie indécrottable, qui était propre à Stanislas lui-même, décida ce dernier.

« L'enquête a débouché presque au moment où

tu rejoignais Léonard. Tu le savais ? C'est pour ça que tu es parti ?

– Non ! C'était juste le bon moment.

– C'est donc toi qui diffusais aux journalistes les informations confidentielles depuis le début ! C'est toi qui as répandu les rumeurs d'holocauste ! (Et Stanislas marqua une pause avant de reprendre :) ... Tu étais la seule personne que je ne soupçonnais pas, avec ta sœur. Sauf depuis ces derniers temps... », leur reprocha-t-il.

Théo, concentré à étudier chaque trait de Stanislas, suivait l'échange attentivement pour déceler le moindre signe... La moindre faille qui révélerait le mensonge... Élena, quant à elle, ouvrait des yeux ronds... La stupeur... La colère... L'incompréhension... Ces vagues déferlaient dans son cerveau, et se propageaient dans son corps... Elle bouillonnait... Elle n'arrivait pas à s'arrêter sur une position claire. Elle était... Elle était incrédule... Et abasourdie... Elle était hors d'elle... Et anéantie... Et bien plus encore... Elle était... Lili, à sa droite, écoutait presque distraite.

« J'espère que le coup n'est pas trop rude, père ? » demanda Borja toujours aussi indigne. Mais, pas la moindre pointe d'ironie ne semblait percer dans sa voix. Borja semblait plutôt compatissant.

« Si ! c'est dur, Borja, d'autant plus que c'est incompréhensible. » Stanislas, encore une fois, s'était tu. Il ne savait pas par quel bout commencer son réquisitoire. Il l'aborda par une question.

« Est-ce que tu as quelque chose à me reprocher, Borja, en tant que père ? l'interrogea Stanislas.

– Personnellement, non ! Vous avez été un père admirable... Et même aimant, peut-être malgré vous.

– Je t'avouerai aussi, qu'avec ta sœur, vous m'avez aidé à éprouver des sentiments... Que je croyais inaccessibles... Pour moi...

– Sachez que dans ce registre, de notre côté, ni Lili, ni moi-même, n'avons jamais joué la comédie.

– Bon, écoutez ! Vous allez nous infliger votre mélo encore combien de temps », s'impatienta Théo. Stanislas approuva. Cet échange le mettait mal à l'aise.

« Il a raison ton petit Théo.

– Je ne suis pas son petit Théo, ajouta Théo, avant que Stanislas ne continue.

– Borja, alors, qu'est-ce que c'est que toute cette mascarade ? Tu as dirigé la plupart de nos missions et maintenant tu retournes ta veste ? Et contre ton propre père ? Contre ton propre intérêt ? Contre une œuvre qui te concerne plus que tout autre ? Contre les tiens ! Tu es l'aboutissement de ce programme, Borja ! Tu es trop intelligent pour passer à côté de ça ! Tu es le premier eugénique immortel ! Comment peux-tu renier tout ce que nous avons fait depuis tant d'années ? Comment peux-tu te renier toi-même ? Pour l'argent ? Ça serait trop bête ! Ça n'est pas possible ! Dis-moi, alors, dis-moi pourquoi ! »

L'assemblée fixait Borja. Chacun attendait avec anxiété qu'il dévoile son jeu. Ou qu'il révèle son mensonge, s'il s'agissait encore d'une intrigue. Sauf Lili, qui tapotait sur la table.

« J'ai simplement jugé que votre projet était... stupide. » Mais Borja savait que cette affirmation n'était pas suffisante. Il se justifia davantage.

« Je vous observe depuis mon plus jeune âge, père... J'ai toujours été incapable de me laisser porter par vos enthousiasmes d'homme de science, et vos fantasmes concernant les découvertes dont je suis moi-même issu. Ce que vous faites n'a aucun sens, père, je suis désolé. Je pense que votre maladie vous a simplement fait dévier de la voie du bon sens élémentaire. Moi, je n'ai aucune tare à compenser. Vous avez sans doute été éprouvé par votre mal, par la souffrance que vous a causée votre affection en vous éloignant des autres. J'ai toujours senti que votre handicap vous avait marginalisé et que vos recherches constituaient un palliatif... Inefficace...

– C'est cette différence qui fait les grands artistes et les grands créateurs, Borja », répondit Stanislas, nullement troublé d'avoir été démasqué. Était-il seulement masqué ?

Borja aborda d'un ton neutre son propre cas.

« Sinon père, je n'éprouve pas de complexes à être eugénique, pas même de complexe de supériorité, précisa-t-il à l'attention de Théo, puis son regard s'adressa aux agents de l'ODIN présents autour de la table, avant de revenir à Stanislas, mais je pense que c'était une erreur... de me créer. Je ne vous en veux pas... Au contraire... On ne peut que remercier celui qui vous a donné la vie et Lili pense la même chose que moi... Mais c'était une erreur. » Stanislas observa Lili sur son écran. Elle lui proposa un sourire un peu contrit. Comme il s'attardait, elle lui fit parvenir un baiser du bout des doigts. Elle semblait sincère.

« Merci Lili ! » l'accepta-t-il, avant de marquer une pause assez longue. Il reprit.

« Faut-il toujours que la créature se révolte contre son père, puis se retourne contre elle-même ?

– Il faut croire que l'homme est une race désespérée, et qu'on ne peut pas faire grand-chose pour son amélioration, commenta Borja, en tout cas avec ce type de procédé.

– Vous vous reniez tous les deux alors ? demanda-t-il encore une fois à Lili et Borja. Pourquoi avoir attendu si longtemps ?

– Nous avons choisi le moment le plus opportun pour agir. Je n'avais pas encore toutes les réponses.

– Mais c'est toi-même qui m'as convaincue,

Borja, se révolta soudain Élena, qui n'en croyait toujours pas ses oreilles. Toi et Lili, qui m'avez ralliée à votre camp et maintenant... Mais quel genre de monstre es-tu ?

– Je suis sincèrement désolé, Élena. Peut-être essayais-je de me convaincre moi-même par ma rhétorique. Je voulais sans doute te persuader pour m'aider à faire un choix définitif. Ça n'a pas suffi. Les réponses ne pouvaient venir qu'une fois arrivé au bout du processus, avec le traitement. Maintenant, j'en sais davantage. Eugénique et immortel. Et depuis que je suis immortel, je me rends compte à chaque instant du... du déficit que cet état creuse... dans mon âme.

– Ton Âme ! Mais tu te prends pour un théologien du XIIIe siècle, Borja, éclata de rire Stanislas.

– Le terme est désuet, j'en conviens. Mais c'est le meilleur pour exprimer ce que je ressens.

– Réfléchis encore un peu, imbécile ! menaça Stanislas qui ne souhaitait plus poursuivre. Nos armées ne vont pas tarder à régler vos petits états d'Âme, à coups de mitraillettes à photons ! » L'hologramme s'évanouit aussitôt. Stanislas avait suffisamment pénétré l'Âme de Borja, pour se rendre compte que la discussion ne mènerait plus bien loin.

Une fois qu'ils furent tous dehors, la navette des diplomates repartit vers la zone tampon. Borja rattrapa Élena qui marchait quelques pas devant les autres. Elle accéléra jusqu'à ce qu'il abandonne. Elle trouva refuge dans la cabine de l'aéro éventré, seule, loin de l'agitation. Borja lui laissa quelques minutes.

La nuit tombait sur le Zoo en effervescence, et des zards allumaient des feux dans des poubelles pour illuminer la place. Une fête... Une dernière... Avant l'arrivée des armées... Des rires, des éclats de voix... Des chamailleries entre zards et mutants... Une angoisse palpable, et, en même temps, une joie immense... Une fébrilité... Ils allaient enfin résister à ceux qui les avaient oppressés pendant des dizaines d'années... La haine était plus forte que la peur de mourir... Ils étaient prêts à donner leur vie.

Théo se rendait à sa cabine pour dormir quelques heures, quand Lili l'accosta devant la navette.

« Pour briser mes cervicales, ou arracher mes testicules, repasse demain, ce soir, je suis fatigué ! » Théo avait beau lui vouer un culte, il était rancunier.

« Non ! Je venais pour que tu me réconfortes. Je me sens... J'ai peur... » Elle ne semblait pas avoir peur.

« Toi, tu as peur ?

– Oui. » Elle ne semblait toujours pas avoir peur...

« Tu penses comme ton frère, Lili ? l'interrogea Théo, devenu sérieux.

– Plus ou moins. On se rejoint.

– Vous êtes sincères alors... Tu regrettes d'être une eugénique ?

– Pas du tout. Je pense que ça n'aurait pas dû se produire, mais je ne regrette rien, et je ne me renie pas. »

Théo ne quittait plus ses yeux bleus qui captaient les reflets des feux aux alentours. Il se sentait envoûté.

« Et toi, Théo ? » Il fronça les sourcils, avant qu'elle ne précise : « Tu regrettes d'être devenu immortel ?

– Ah ! Je ne sais pas encore. Je ne suis pas aussi vif et pénétrant que Borja. Ça me prendra plus de temps avant de savoir si mon âme creuse un déficit ou un truc du genre, répondit-il narquois. Au début, Je croyais que tu me demandais si je regrettais de ne pas être eugénique.

– Aussi.

– …

– … En tout cas, en tant que simple humain, tu as de grandes capacités. J'ai pu apprécier la qualité de ton travail et ton professionnalisme, et le sourire de Lili s'accentuait, sa voix se troublait un peu.

– Tu parles de quelque chose de particulier ? demanda Théo ingénu.

– Parfaitement ! » et elle posa ses mains sur les hanches de Théo, et le plaqua contre elle. Théo n'en revenait pas. La femme qu'il adulait, se jetait dans ses bras. Ou plutôt lui caressait les fesses. Ils s'embrassèrent.

Théo sentait les seins fermes de Lili collés contre sa poitrine, et la respiration de Lili s'était précipitée, alors qu'il lui mordillait la gorge. Elle se trémoussait sur le sexe dur de Théo qui frottait contre son ventre. Elle défit son uniforme, et il admira la beauté de ce corps qui révélait la douceur d'une peau blonde et sucrée. Elle lui sauta au cou en écartant les cuisses autour de sa taille, pour qu'il la prenne debout, dans cette position. Comme il avait les mains sous ses fesses, occupées à la soutenir, elle sortit la tige dressée du pantalon, la saisit avec fermeté, la serra fort, puis la dirigea pour s'empaler dessus. Théo la baisa amoureusement du mieux qu'il put, et Lili lui fit l'amour avec brutalité, toute la nuit durant.

26

L'attaque

« – Tiens ! On a ramené les lignes, on a reculé, dit l'un en pointant le doigt par-dessus le parapet. »

Léon Tolstoï,
Guerre et Paix

Zoo, 9 décembre 2041

Les grues de l'armée abattirent des pans de la muraille qui encerclait le Zoo aux quatre points cardinaux, et dégagèrent plusieurs passages pour attaquer de tous les côtés à la fois. Les zoonards les attendaient de pied ferme. Ils s'étaient préparés à défendre leur territoire avec férocité. Borja avait prévu un double positionnement. Sur la périphérie qui comptait le plus d'habitations, ils allaient adopter une tactique de guérilla : des combattants dispersés et imprévisibles dissimulés dans tous les bâtiments. L'essentiel des forces, en revanche, s'était concentré à la place de la mairie et dans ses environs, prêtes à affronter les armées gouvernementales dans un choc frontal, quelle que soit la direction qu'elles emprunteraient pour les rejoindre.

Les trois premières heures, la guérilla empêcha totalement la progression de l'armée. Les zards étaient redoutables pour sauter d'immeuble en immeuble, se faufiler dans les ruelles, s'évanouir et réapparaître là où on ne les attendait pas. Ils étaient mobiles et insaisissables. Ils pouvaient se poster sur un toit, lancer une roquette et disparaître aussitôt, laissant les survivants désemparés, avant de fondre sur eux et de les écrabouiller à coup de battes dans des corps à corps impitoyables. Ils éliminèrent plusieurs troupes de soldats imprudents qui tentèrent d'avancer seuls vers le centre du Zoo, avides d'exploits et de médailles.

« Ils reculent jusqu'aux enceintes ! » vint rendre compte un zard à Borja qui dirigeait les opérations. La nouvelle s'était propagée, et des cris de joie accueillirent cette première victoire de bon augure. Les zards qui étaient restés au centre du Zoo, se mirent à rapper et entamèrent une danse guerrière selon leur rite bien établi :

Quand les zards
sortent le dard,
y a plus de lézard,
quand les zards
sont en pétard,
les keufards,
chient dans l'calbar.

Borja ne laissa rien paraître de ses doutes sur cette victoire hypothétique... Il ne devait pas décourager les résistants. Il ordonna de récupérer les mines antichars qu'ils avaient transportées dans la navette, et de les déposer le plus vite possible près des enceintes éventrées.

Il était malheureusement déjà trop tard. Théo, soucieux, revenait du front.

« Comme tu l'avais prévu, ils ont envoyé des chars à explosifs. Ils sont à l'intérieur ! Maintenant, ils vont tout raser sur leur passage.

– J'ai réfléchi au moyen de les en empêcher, lui annonça Borja, qui avait déjà anticipé ce danger. Ils savent que Léonard se trouve pour le moment avec nous. Au centre et protégé par nos effectifs. Il faut qu'ils s'aperçoivent qu'en fait, Léonard se déplace d'une zone à l'autre, et qu'en détruisant les quartiers périphériques, ils risquent de le tuer par la même occasion.

– Et comment faire pour qu'ils s'en rendent compte ?

– Léonard a un détecteur sous-cutané enfoui dans le bras. Mon père avait pris la peine de le lui poser, au cas où il s'enfuirait à nouveau.

– Mais ils sauront quels immeubles détruire ou ne pas détruire, s'ils peuvent détecter le lieu où il se trouve.

– On balade Léonard là-bas en leur montrant qu'il change de place en permanence, puis on arrache le détecteur et on le détruit. Et là, ils ne pourront plus le repérer.

– C'est très risqué de l'envoyer dans ces quartiers, avec toutes leurs patrouilles qui circulent ! Ils auront vite fait de tomber dessus et de le capturer ! Ici, au moins, il est en sécurité.

– C'est pour ça qu'il va falloir le protéger toi-même, Théo. Demande à Lili de sélectionner une dizaine de zards ou de mutants. Surtout pas de tueurs... Avec eux, on ne sait... Enfin, bon ! Tu ne pourras pas prendre non plus d'agents ODIN avec vous. S'il y a un peu d'ordre dans nos rangs, c'est grâce à eux. Avec tes hommes, Saturne, et Lili, vous vous chargerez de sa protection ! »

Borja convoqua un des agents gradés pour lui expliquer ses intentions.

« Nous allons ralentir la progression des armées et les empêcher de faire sauter tout le Zoo. Fais passer le message : une navette avec Léonard va circuler dans les zones périphériques... Ceux des nôtres qui sont planqués là-bas, ne doivent pas lui tirer dessus ! Au contraire, il faut qu'ils la soutiennent, s'ils la repèrent et la voient en difficulté ! »

Au loin, retentirent les premières déflagrations, et déjà les quartiers périphériques se rétrécissaient. Les immeubles s'écroulaient les uns après les autres. Les survivants qui sortaient des décombres étaient impitoyablement abattus par des snipers protégés derrière les chars à explosifs.

Théo, Léonard et les autres pénétrèrent dans la navette, et abandonnèrent la place centrale de la mairie pour les quartiers du Zoo en cours de destruction. À chaque fois qu'ils atteignaient une zone, les chars à explosifs s'immobilisaient, et ne crachaient plus d'obus dans leur périmètre... Mais les morsures de métal et de feu se poursuivaient un peu plus loin. Apparemment, les hommes de Lorentz suivaient leur progression à la loupe.

« Léonard, je suis désolé mais je vais devoir vous inciser ! annonça Théo.

– Je suis prêt petit, n'hésite pas ! » et Léonard remonta sa manche.

Théo, d'un mouvement rapide de son canif, perça le bras de Léonard pour retirer le mouchard, emportant un bout de chair par la même occasion. Lili, pressa une compresse imbibée d'antiseptique sur le trou béant duquel coulait un flot de sang. Léonard grimaçait de douleur, alors que Théo écrasait l'émetteur du talon.

Quelques secondes plus tard, le grondement des bâtisses qui s'écroulaient, diminua, puis se tut. L'ennemi avait compris que les destructions massives et les chars à explosifs mettaient en péril la vie de Léonard. L'aéro passait d'un quartier à l'autre, et seules, à présent, crépitaient des décharges déclenchées par des petits groupes de combattants. Des escarmouches... La guérilla avait repris ses droits pour plusieurs heures.

Après une dizaine de circuits autour de la réserve du Zoo, ils aperçurent le début des vraies hostilités en direction de la porte de La Défense. L'armée gouvernementale venait de se lancer à l'assaut de tout un quartier, et elle fut bientôt harcelée par des troupes de zards furieux envoyés par Borja. Les zards s'accumulaient... Se précipitaient sur l'armée officielle... Il y eut bientôt sur le terrain quelques milliers de combattants. Pendant la première vingtaine de minutes, l'issue de la bataille était à la faveur des zards, qui venaient toujours plus nombreux, en remplacement de ceux qui étaient tombés au combat. Ils reprenaient du terrain, occupant les bâtiments quittés dans la confusion par les soldats qui avaient survécu à leur déluge de photons. Sur le bitume, dans toutes les rues, les cadavres s'empilaient, mais les soldats, grâce à leurs armes plus puissantes et plus sophistiquées, leurs cuirasses plus robustes, et leur entraînement, débordèrent bientôt les zards qui ne parvenaient plus à endiguer le flot. Les soldats dressèrent leurs pavillons à ondes électro-magnétiques sur tous les toits du quartier, et terminèrent le nettoyage des immeubles et des rues, avec la consigne : *Pas de quartier !* Les zards se dispersèrent en désordre et certains ne furent pas abattus.

« On se fait massacrer porte de La Défense ! » L'un d'entre eux, épuisé, hagard, vivant, annonça la catastrophe dans un dernier effort, puis s'écroula devant la mairie.

Borja et les zoonards virent affluer derrière lui des zards sanguinolents et désorientés. Après un long moment de confusion, ils se reconstituèrent en formation... Les trois quarts manquaient à l'appel.

Les mutants et les tueurs, de part et d'autre, les observaient. Il régnait un sentiment d'effroi qui fit bientôt place au mépris et à la colère.

Des affrontements avec les tueurs et les mutants furent inévitables.

« Vous croyez qu' vous s'rez meilleurs que nous, sales fils de tepu ? » demanda une voix anonyme à l'accent zard, et un petit groupe d'entre eux se jeta sur deux mutants goguenards, avant que les agents de l'ODIN ne les séparent. Borja estimait les pertes silencieusement. Un agent vint lui signaler que la situation n'était pas si noire.

« L'armée gouvernementale a aussi subi des dommages importants sur ce flanc, rapporta-t-il à propos de la bataille qui se déroulait porte de La Défense, mais leurs autres divisions progressent de plus en plus vite dans l'ensemble des quartiers. On ne les retardera pas longtemps !

– On va tenter une fuite...

– Fuir où ? interrogea un chef mutant. Ils viennent de toutes parts pour aller partout !

– Hors du Zoo ! Nous allons lancer le reste des troupes porte de La Défense. C'est là où ils doivent être le plus affaiblis. Envoyez-leur les tueurs ! » commanda Borja.

L'aéro venait d'être touché par un tir d'artillerie. Théo ne le maîtrisait plus. L'engin emporta une porte avec les murs autour, et s'installa dans un hall d'immeuble, immobilisé et hors-service. Théo et ses compagnons l'abandonnèrent dans la précipitation de peur qu'il n'explose. Ils se regroupèrent dans une rue adjacente qui semblait déserte.

Quelques pas de plus, à peine, et ils furent assaillis par une dizaine de soldats qui les mirent en joue, après les avoir encerclés. Ils levèrent les mains en signe de soumission, quand ils virent se dévisser plusieurs bouches d'aération situées derrière leurs ennemis. Des êtres venus droit des enfers pointèrent leurs têtes malfaisantes... Une bande d'hommes-oiseaux, armés de serres longues et puissantes, rampaient sans faire de bruit. Les soldats, placés en cercle, s'aperçurent qu'ils étaient à leur tour cernés. Ils se retournèrent pour tirer sur ces monstres qu'ils voyaient pour la première fois d'aussi près. Des plumes volèrent, mais les oiseaux, grâce à leurs ailes, bondissaient à quelques mètres du sol, avant de fondre sur les soldats. Trois d'entre eux étaient déjà assommés, et les hommes-volatiles, de leurs griffes meurtrières, lacéraient les autres au visage.

Alors que Théo mettait à terre ses compagnons pour les protéger, Lili avait dégainé son laser, et, en moins de dix secondes, fit mouche huit fois... Suffisamment pour abattre le reste des soldats.

« Finalement j'ai bien fait de te laisser une chance, Ptero, déclara Saturne, en se relevant, le sourire aux lèvres.

– On est quitte ! » lui répondit l'homme-oiseau déplumé. Avec ses congénères, ils traînèrent les corps des soldats le long du sol, avant de les précipiter dans les bouches d'aération d'où ils étaient apparus. Ils les emportaient avec eux dans les tréfonds de la terre pour les dévorer.

Alors que les troupes gouvernementales continuaient leur avancée inexorable, réduisant l'espace des zoonards, les tueurs se préparaient à l'affrontement avec la seconde vague de l'armée de l'ouest. Les tueurs avaient un goût prononcé pour le sang... N'avaient-ils pas été enfermés pour leur casier psychiatrique ! Les soldats de l'armée gouvernementale reconnurent bientôt leur nouvel ennemi. L'angoisse commençait à se propager dans leurs rangs. Une peur irrationnelle, puisqu'ils étaient sans doute plus nombreux, et mieux équipés, accompagna les premiers assauts des tueurs. Les tueurs se jetèrent sur eux en choisissant la place la plus découverte, là où se tenait solidement le bataillon principal. Les premières rangées de tueurs s'effondraient les unes après les autres. Néanmoins, leur détermination à mourir, leur inconscience, faisaient frémir les soldats qui reculaient peu à peu.

Bientôt les premières lignes de l'armée furent touchées... Percées... Enfoncées... Les plus grands malades et les pires forcenés du pays purent s'en donner à cœur joie, et trancher dans la chair, jusqu'à ce qu'on les abatte à leur tour ! Contrairement aux zards, ils ne semblaient pas prêts à fuir, quels que soient les dégâts, et on put bientôt distinguer davantage de tueurs rouges de sang, que de soldats verts de peur. Jusqu'au dernier, les tueurs les mirent en pièces, et les soldats qui étaient déjà morts continuaient à recevoir des pluies de coups pour être découpés en plus petits morceaux.

Borja et le reste des troupes, des mutants essentiellement, prévenus de ces nouveaux succès, avaient commencé à prendre le chemin de la place, dans leur tentative de fuite hors du Zoo. Pour aller où, ils n'en avaient pas la moindre idée... Ils seraient inévitablement traqués, qu'ils soient dans le Zoo ou hors du Zoo. Mais la survie, à présent, se calculait en heures. Au-delà, pas de prédiction possible !

C'est alors qu'un commando d'hommes aux uniformes que Borja connaissait bien, apparut soudain derrière les tueurs qui n'en finissaient plus d'assassiner les morts. Les Aigles, les Aigles étaient lancés ! La grande majorité des agents ODIN qui ne l'avaient pas rejoint, se trouvaient maintenant face à lui. Ses anciens collègues... Dans le rôle des adversaires...

Ces agents, avec sang-froid et d'une adresse sans faille, se mirent à abattre les tueurs, les uns après les autres, avec professionnalisme. Ils ne subissaient pratiquement aucune perte. Au corps à corps, le carnage devint encore plus sanglant. Trois strates de combattants gisaient désormais sur le sol, et leurs corps déversaient leur substance, pour donner naissance à un ruisseau pourpre : des zards, des soldats, et maintenant des tueurs, l'alimentaient en sang frais.

Borja, situé en retrait, aperçut au loin, de l'autre côté de la place, un groupe qui tentait de les rejoindre. Il reconnut Théo et sa sœur au-devant.

Il les signala à deux mutants pour qu'ils les aident à traverser. Des photons perdus volaient dans tous les sens, et abattaient les imprudents et les distraits. Impossible de passer à moins de disposer d'un bouclier magnétique. Les mutants se munirent de motos à protections spéciales, laissées par des soldats tombés au combat, et zigzaguèrent jusqu'à Théo. Ils l'embarquèrent avec Léonard, Fleur, Saturne et Lili. Les autres se débrouilleraient.

Une fois Théo sur place, Borja lui montra du doigt les nouveaux venus. Les Aigles avaient rapidement vaincu les tueurs.

« Tu reconnais les collègues ? »

Ils rassemblèrent les derniers agents qui restaient, de ceux qui s'étaient ralliés à leur cause, et avancèrent calmement jusqu'au centre, pour affronter leurs anciens compagnons.

« Tu sais que c'est désespéré, Borja ? Que de toute manière, quelles que soient les probabilités, nous allons... perdre, demanda Théo.

– Oui, j'en ai conscience. J'aurais enfin l'opportunité de faire quelque chose d'absurde et de désespéré dans ma vie, rétorqua Borja calmement, comme n'importe quel autre être humain. » Théo leva les yeux au ciel, et lui tapa amicalement dans le dos. Il adressa un clin d'œil à Lili qui les accompagnait, auquel elle répondit d'un sourire malicieux. D'un pas léger, ils se préparaient à l'ultime affrontement.

Les Aigles les attendaient, immobiles. Ils affichaient des mines sinistres et courroucées. Ils n'acceptaient pas la trahison.

« Alors Théo, arrête de déconner et viens nous rejoindre ! » lança un aigle qui leur faisait face. Théo était devenu très populaire depuis qu'il avait vaincu Borja, et les agents de l'ODIN ne se faisaient pas à l'idée d'avoir perdu cet élément. Pis, de devoir eux-mêmes l'éliminer.

« Merci de me le proposer ! » ajouta Borja ironique. Borja, n'était, quant à lui, pas du tout apprécié parmi ses frères d'armes. Il était le meilleur et le plus haï.

« Toi, t'es juste bon pour servir de pâté à mon chien ! lui fut-il répondu, sale con d'eugénique !

– Non mais tu sais au moins de quel côté il se bat, espèce d'abruti ? le défendit Théo. Non mais je rêve, qui t'a volé ton cerveau ?

– Ta gueule, je ne désobéis pas aux ordres, moi !

– Pauvre crétin !

– Assez perdu de temps ! On t'a donné ta chance. Maintenant on va vous foutre en l'air. »

Les agents qui avaient fait sécession, rejoignant Borja, étaient dix fois moins nombreux. Les Aigles commençaient à prendre position autour d'eux. Autant semblaient-ils impassibles quand il s'agissait de combattre les tueurs, autant, devoir se battre avec leurs anciens compagnons, ceux qu'ils considéraient alors comme des frères, aujourd'hui devenus traîtres à leur confrérie, les mettait dans une rage folle. Ils se jetèrent sur eux dans des rugissements furieux. Plus question d'entraînement ou de cœur en plastique... Leur intention était d'exterminer les renégats ! On assistait à un combat raffiné et violent, où les prises d'arts martiaux étaient aussi splendidement exécutées, de gestes élégants et précis, qu'elles étaient meurtrières.

Seule la technique de Saturne détonnait parmi ces guerriers experts en techniques, mélangeant le kung-fu au jiu-jitsu, la boxe-Thaï au close-combat. Saturne, lui, se ruait sur l'ennemi, et emportait tout sur son passage. Les malheureux qu'il attrapait étaient broyés les uns contre les autres, ou éclatés contre tout type de surface : façades d'immeubles en pierre de Paris, trottoirs en béton, tôles de voitures en aluminium... Lili et Borja, dos à dos, se protégeaient, tout en mettant hors de combat ceux qui osaient s'approcher. Avec deux, trois, quatre adversaires chacun, ils réussissaient à éviter les coups, et à les rendre au centuple.

Après quelques minutes, Borja constata, d'un bref tour d'horizon, qu'un certain nombre d'agents rebelles gisaient hors de combat. Ils seraient bientôt seuls. Il cria un ordre à l'adresse de Théo qui se battait quelques mètres plus loin, tout en esquivant un photon, avant de désarmer le tireur d'un coup de pied, et de lui planter un coutelas dans la gorge.

« Théo, il faut absolument que tu rejoignes Léonard ! Je vais tenter de les ralentir avec Lili et les autres !

– Et vous ? demanda Théo.

– Fonce ! » hurla Borja. Le moment n'était pas propice au débat. Théo, d'un coup de tête balayette, mit hors de combat deux agents de plus, puis s'éclipsa.

Borja le vit réapparaître quelques minutes plus tard, à une centaine de mètres, accompagné de Fleur, Élena et Léonard. Ils étaient protégés par une troupe de mutants qui s'épuisaient à repousser l'attaque de soldats gouvernementaux venus d'autres quartiers. Théo, qui le cherchait des yeux, lui fit un signe de la main, et Borja eut le temps de croiser son regard et celui d'Élena, avant de baisser la tête pour éviter deux nouveaux projectiles. Borja ramassa une batte, laissée sans doute par un zard au début de la bataille. D'un geste large et violent, il abattit trois agents qui s'écroulèrent le crâne fracassé. La batte ne supporta pas le choc. Il acheva de la briser sur sa cuisse, pour armer chacune de ses mains de bâtons à bouts tranchants. Il enfonça le premier dans l'abdomen d'un agent qui cherchait à atteindre sa sœur en la prenant à revers, et le second alla se planter dans l'orbite d'un autre, lequel tentait de lui administrer un coup de tête, et ne rencontra qu'une écharde géante. À l'aide de ses fameuses baguettes qu'il utilisait comme projectiles, il en descendit quatre de plus, alors que Lili jouait des jambes pour assommer tous ses prétendants. Tout d'un coup, cinq aigles qui s'étaient probablement concertés, fondirent en même temps sur Borja, et, malgré sa puissance, il réussirent à le mettre à terre. À cette vue, tous les autres se précipitèrent, et bientôt une nuée d'Aigles sembla frapper au même endroit. « Enculé d'eugénique, tu vas voir ta face ! Tu te crois toujours supérieur ? »

Lili tenta d'intervenir, mais ils étaient trop nombreux. Elle fut saisie à son tour. On l'immobilisa... On la cloua au sol. « Salope d'eugénique ! Petite pute prétentieuse ! Tu feras bientôt moins la fière ! » et ils lui arrachèrent sa combinaison. « Laisse-moi goûter ta petite chatte blonde ! » Ils lui écartèrent les cuisses et se mirent à la prendre en même temps, la remuant dans tous les sens, lui collant des coups de poing, et sa bouche saignait, mais elle restait consciente, alors qu'ils la violaient en gloussant. Elle gémissait de douleur, ce qui les excitait de plus belle. Mais elle refusait de hurler. « Regardez-moi cette pute d'eugénique, ce qu'elle prend son pied ! » Et bientôt, elle hurla. Le professionnalisme avait cédé la place à la barbarie, et les agents de l'ODIN se relevaient les uns les autres, à deux ou trois en même temps, perdant toute retenue. « Pute d'eugénique, viens-là que j'te nique ! » gloussaient-ils.

Élena et Théo détournèrent le regard dès qu'ils les virent disparaître, engloutis par le nombre des ennemis qui les piétinaient et les rouaient de coups. Saturne ? Plus de trace de Saturne non plus ! À leur tour, les mutants qui faisaient rempart de leurs corps furent vite submergés. Les soldats s'emparèrent de Fleur et Léonard. Théo et Élena furent faits prisonniers.

« On les a eus, Monsieur le Ministre, annonça le colonel de l'ODIN à Lorentz. Léonard est de nouveau entre nos mains !

– Bien ! Il était temps ! Finissons-en ! La comédie a assez duré ! »

Les mutants, dont une partie des effectifs avaient été épargnés, hurlaient de joie. L'ensemble des troupes adverses, soldats et agents ODIN confondus, se retiraient les unes après les autres. Apparemment, ils avaient sous-estimés les zoonards !

Ils étaient à la fête, et recherchaient les membres des autres clans pour répandre la bonne nouvelle. Mais ils ne trouvèrent que des étendues de cadavres.

Ils perçurent soudain dans le ciel le son d'un avion à réaction, et une lumière blanche embrasa l'espace.

27

L'avènement du surhomme

> « Mais l'homme est-il obsédé d'éternité, ou d'échapper à l'inexorable dépendance que lui ressasse la mort ? »
>
> André Malraux,
> *La Voix du silence*

Généton, 12 décembre 2041

Tolstoï gémissait, abrité sous un meuble. Il n'était pas habitué à la fureur de son maître.

« Bande d'imbéciles ! s'écria Stanislas en mettant Léonard, Fleur, et Théo, dans le même sac. Théo, tu pourras bientôt apprécier la véritable signification d'une condamnation à perpétuité ! Une fois que je serai devenu immortel à mon tour, je veillerai à ce que tu moisisses dans une geôle pas plus grande qu'un caveau... Et vous pensiez que je n'avais pas pris de précautions ? Mon pauvre Léonard, j'ai filmé dans le détail tes manipulations sur Théo et Borja. Je n'ai pratiquement plus besoin de toi, vieux débris. J'aurais dû vous laisser crever là-bas ! », et sa voix se brisa avant qu'il ne reprenne, glacé : « Borja et Lili, quel gâchis ! Les imbéciles !

– C'est toi-même qui as exécuté tes enfants,

Stanislas ! » lui fit remarquer Léonard. Stanislas le fusilla du regard.

Le son magnétique d'une porte qui coulisse. Le ministre Lorentz, qui se félicitait du succès de l'opération, venait de les rejoindre. Il se composa un visage grave.

« Votre image de héros est écornée, Léonard ! déclara-t-il concerné, vous auriez pu mourir avec les malheureux que vous avez condamnés par votre fuite absurde ! La presse, en ce moment même, relate vos agissements pour le moins meurtriers. Vous avez poussé les zoonards à la révolte ! Le résultat est terrible, Léonard, terrible... Vous les avez conduits à leur propre perte !

– Quelle blague ! intervint Théo sans que Lorentz en fasse cas.

– C'est difficile de fermer les yeux ! enchaîna le ministre. Enfin, nous préférons vous avoir auprès de nous pour poursuivre les expériences, plutôt que de vous livrer à la vindicte publique, ou vous emprisonner comme ce fichu Théo, qui apparemment, refuse de se présenter devant les journalistes, lui annonça Lorentz, comme s'il lui accordait une faveur. Vous restez le plus qualifié pour mener l'homme vers son destin divin.

– Je crois que la situation vous échappe. Je n'accepte plus aucun compromis avec vous ! » rétorqua Léonard d'un ton ferme.

Le ministre perdait patience. Mais il connaissait son point faible.

« Et votre jolie Fleur, Léonard ? Aujourd'hui fanée, et demain éclatante et immortelle, si vous lui en offrez l'opportunité. Vous préférez la voir s'étioler sous vos yeux ? » reprit Lorentz, perfide.

Malgré son accord avec Fleur, Léonard ne pouvait s'y résoudre. Une fin dans une telle décrépitude, après tout ce qu'elle avait déjà subi, lui était intolérable. La culpabilité, à son insu, poussait Léonard à offrir à sa femme une compensation pour ses années d'exclusion et de souffrance. Son hésitation n'en finissait plus de durer. Fleur tenta d'intervenir, de résister à l'argument, mais le ministre la fit taire.

« Ne discutez plus ! Je prends votre silence pour acceptation tacite, Léonard, et je vous approuve. Vous n'êtes pas un monstre, tout de même ! Je vous annonce dès à présent, que la prochaine expérimentation aura pour sujets Fleur, vous-même, et... moi », proclama Lorentz, satisfait.

Article du 25 décembre 2041
« Je serai le prochain cobaye ! » annonce le superministre Lorentz

La révolte du Zoo est encore dans toutes les têtes. Voilà une vingtaine d'années qu'une arme nucléaire n'avait pas été utilisée. Nous assistons peut-être à un nouvel ordre qui s'instaure peu à peu. Hier, un autre signe avant-coureur. Le superministre Lorentz, pour faire taire les rumeurs non fondées sur l'échec du traitement qui conférerait l'immortalité aux être humains, a annoncé qu'il serait lui-même sur la liste des prochains cobayes, ainsi que l'inventeur de l'élixir de longue vie, Léonard Jansen, le criminel qui a survécu au massacre devenu inévitable, qu'il a lui-même déclenché par...

4 mois plus tard

Généton, 15 avril 2042

Comme à l'accoutumée depuis ces derniers mois, Lorentz vint consulter Léonard pour qu'il l'informe de l'évolution de son état. Il vivait dans la fébrilité constante d'avoir vaincu son pire ennemi, celui de toute forme de vie. Il vivait dans la stupéfaction satisfaite d'avoir tiré un trait définitif sur la mort. Il n'avait plus rien à craindre... Pour les siècles des siècles... Mais en attendant, le traitement le faisait affreusement souffrir.

« Mes maux de crâne sont de plus en plus fréquents et douloureux ! Que se passe-t-il, Léonard ?

– Ne vous inquiétez pas, Lorentz ! Je ressens la même chose ! Cela fait partie du traitement ! Le prix à payer est peu élevé, croyez-moi, pour accéder à l'immortalité, le rassura Léonard.

– Lorentz, je viens de recevoir vos analyses ! » Stanislas venait d'entrer, affichant un air contrarié, ainsi qu'un papier électronique, qu'il tenait suspendu dans sa main comme une preuve irréfutable.

« Ne vous inquiétez pas, Stanislas, répondit le ministre, Léonard m'a tout expliqué... De A à Z... Je connais les modalités du traitement, sa composition, son mode d'administration, et ses effets secondaires...

Pour résumer, je pourrais procéder moi-même à la prochaine expérimentation ! Voulez-vous que je vous immortalise, Stanislas ? Est-ce que vous me feriez cet honneur ? Ça me rappellera mes premières années à l'hôpital ! » demanda-t-il enjoué, sans se préoccuper du mal lancinant qui s'emparait à nouveau de son crâne. Stanislas ne se dérida pas. Il lui annonça presque avec indifférence.

« Vous avez une tumeur à l'hypophyse qui se propage à grande vitesse !

– Allons Stanislas, comme vous y allez ! répondit-il en fronçant les sourcils, il doit s'agir simplement de mes cellules originelles qui ont été remplacées par leurs identiques immortelles sans le gène *p66shc* d'oxydation qui entraîne la rouille des cellules... Ce ne sont pas des cellules cancéreuses mais bien des cellules immortelles, Stanislas ! C'est là le génie de Léonard, vous n'avez pas encore compris ?

– Écoutez, Lorentz, vous pensez peut-être pouvoir m'expliquer, à moi, ces résultats ! lui assena-t-il, agitant la main pour mettre en évidence le diagnostic établi dans son document. Je vous le répète, vous avez le cancer, monsieur le Ministre.

– Mais expliquez-lui, Léonard, ça ne passe pas avec moi ! s'impatienta Lorentz sans paraître inquiet.

– C'est un phénomène normal, tenta Léonard, cela est...

– Mais vous ne comprenez pas qu'il se paye votre tête, espèce d'abruti ! l'interrompit Stanislas, hors de lui, vous avez un cancer foudroyant provoqué par la télomérase mutée. Il ne vous a pas traité pour vous donner l'immortalité, mais pour vous donner la mort, et moi, je ne vous donne pas quelques jours avant de claquer, vieux débris stupide ! » hurla Stanislas.

Le ministre, enfin perturbé par le ton de Stanislas, ouvrit des yeux ronds, et se tourna vers

Léonard qui ne réagissait pas. Il commençait à réaliser, et ses yeux s'agrandirent encore d'effroi.

« Vous, vous m'avez trompé ? » bégaya-t-il comme un enfant trahi.

Léonard restait muet. Après quelques instants, le ministre reprit mal assuré :

« Je vous ordonne de faire quelque chose ! » Il répéta avec plus d'aplomb : « Je vous ordonne de faire quelque chose, vous m'entendez ! »

Léonard tendit le bras pour saisir son verre d'orangeade et en but une gorgée.

Lorentz le lui arracha des mains et le fracassa contre le sol. Un court silence suivit le bruit de cristal brisé. À présent, Lorentz parlait nerveusement, avec un débit précipité.

« Je vous donne une minute pour arrêter ce processus et me sauver, ou je fais torturer votre petite Fleur pendant des heures jusqu'à ce qu'elle trépasse de douleur ! Je lui arracherai tout ce qu'il lui reste de pétales avec une tenaille chauffée au fer rouge, en commençant par les dents et les yeux, si vous ne coopérez pas !

– Je vais faire mon possible, répondit Léonard impassible.

– Il rigole, mais dites-moi qu'il rigole, Stanislas ! » et le ministre s'esclaffa, incrédule, de ce rire ricanant qui suivait ces conférences, où acclamé par la foule comme le sauveur, il lui avait promis l'inouï. Mais cette fois, le sauveur aurait du mal à sauver sa propre peau. Son hilarité s'arrêta aussi brusquement qu'elle avait commencé, et Lorentz s'approcha du vieux généticien. Il fixa Léonard droit dans les yeux, puis soudain, le gifla d'une paume cinglante et sonore, avant de sortir, en donnant ordre aux gardiens de l'enfermer, et de veiller scrupuleusement sur son assassin.

Stanislas restait seul. Il se précipita vers un meuble, et d'une main tremblante, fouilla dans le tiroir, à la recherche d'une seringue. Il planta l'aiguille... Une fois... Deux fois, sans succès, avant de trouver la veine épaisse de son avant-bras. Il pompa quelques centilitres de sang.

« Je t'aime, Fleur !

— Ne bouge pas, Léo ! tu es trop fatigué ! »

Léonard, alité, caressait avec lenteur la joue ravagée de Fleur qui s'était penchée. Il voulait en profiter autant que possible... Tant qu'il serait lucide... Elle lui chuchotait, calme et résolue :

« J'aurais voulu partir en même temps que toi, mais mes mutations, étrangement, m'ont offert une résistance inattendue. Je ne veux pas en finir moi-même. Je veux aller jusqu'au bout, lui confia-t-elle, avant de demander à Théo qui était assis plus loin, Théo ! Veux-tu me chercher un verre d'eau ! » Théo se retira. Seules restaient Fleur et Élena au chevet de Léonard. Élena s'était agenouillée, et tenait la main de son père dans la sienne.

« Pourquoi as-tu fait ça, papa ? Pourquoi ?

– Élena, il faut que tu te raisonnes maintenant !

– Je ne peux pas... Je ne vous comprends plus... Vous êtes des névrosés, des siphonnés, complètement maso, j'aimerai comprendre quel est votre problème ? » interrogea-t-elle d'une voix déformée par la peine.

Debout à côté d'elle, Fleur, de ses doigts rigides, jouait avec la chevelure de sa fille. Léonard semblait de plus en plus faible. Quelques instants plus tard, il s'endormit. Quand Élena s'en aperçut, elle se leva soudain, et se tourna vers sa mère. Elle pointa le doigt vers elle.

« Et toi, tu seras la prochaine ! » l'accusa-t-elle haineuse, puis elle s'enfuit.

Lorentz reçut Stanislas dans la chaleur de son salon oriental, décoré de tapis persans, de coussins d'or, et d'une vaste bibliothèque décorative, qui occupait un pan de mur entier. Vautré dans un pouf géant qui semblait le dévorer, le ministre avait l'air abattu, épuisé. Une de ses mains ne quittait plus son front. Du pouce et de l'auriculaire, il se massait les tempes en permanence pour lutter contre la douleur.

« Je suis en train de crever, Stanislas, je le sais ! Ce fils de pute m'a assassiné ! Il m'a empoisonné avec son élixir d'immortalité ! Il m'a volé les dernières années de ma vie.

– Je suis désolé, Lorentz, lui accorda Stanislas sans compassion.

– Vous êtes désolé ! (Et il sourit amèrement.) Imaginez toutes ces années, que j'ai passées à étudier la médecine et le droit en parallèle, toutes ces années sacrifiées à militer, à me faire une place au cœur du combat politique, toujours au service de l'État et des concitoyens, pour améliorer le système, pour améliorer leurs conditions de vie ! Quel métier ingrat ! J'ai sacrifié mes plus belles années pour n'accéder au pouvoir qu'une fois vieux et usé, une fois au bord du précipice. J'avais nourri l'espoir de perpétuer mon pouvoir, d'éviter ce gâchis, et voilà que tout ça va s'arrêter, et encore, bien plus tôt que prévu ! Bien plus tôt que prévu... répéta-t-il.

– Je suis désolé », s'excusa encore Stanislas. Son œil semblait aussi morne que le ton de sa voix.

Stanislas venait lui annoncer la mort de Léonard.

« Théo, j'ai besoin de toi ! » Stanislas tendit à Théo une boîte de cigares cubains améliorés à l'opium. Il refusa, méfiant. Stanislas reprit.

« Léonard ne m'a pas donné toutes les informations nécessaires avant sa mort.

– Je ne les connais pas ! Je ne sais rien. Je ne suis pas scientifique.

– Écoute, Théo, je te donnerai tout ce que tu voudras !

– J'ai déjà l'immortalité ! Qu'est-ce que je pourrais demander de plus ?

– Le pouvoir, les femmes, l'argent, je t'accorde tout en même temps ! Rappelle-moi juste dans le détail comment Léonard a procédé avec toi ? Quelles substances, quels composés il a utilisés ? Où se trouvaient-ils ?

– Écoutez, Stanislas ! Je ne peux rien faire pour vous ! Je vous le répète, je ne sais rien. Vous n'avez qu'à découvrir ce qui vous manque par vos propres moyens. Vous savez l'essentiel ! Vous avez tout filmé, tout enregistré, vous nous l'avez dit vous-même. Vous avez suffisamment d'éléments pour reconstituer l'expérience.

– Je suis un peu pressé ! L'opinion publique commence à croire que l'immortalité n'était que de la poudre aux yeux. La mort du ministre, après que cet imbécile a annoncé qu'il était lui-même cobaye, a eu un effet dévastateur.

– Tant mieux. De toute manière, je vous l'ai dit, je ne sais rien. »

Stanislas prit sa respiration et décida de lui dire la vérité. Il n'avait plus rien à perdre.

« Il y a autre chose, Théo. Moi-même, j'ai agi un peu précipitamment. Pendant que Léonard se traitait lui-même, tout en s'occupant de Fleur et de Lorentz, j'ai commencé à m'administrer le traitement en parallèle. Trois mois après qu'ils ont commencé.

– Je vois.

– J'ai suivi scrupuleusement ce que faisait Léonard, en reproduisant chacun de ses gestes, chacune de ses démarches. J'ai utilisé les mêmes matériaux génétiques, les mêmes vecteurs. J'ai suivi intégralement tout ce qu'il faisait.

– Je vois.

– Tu comprends donc ma situation ?

– À vouloir gagner un peu de temps, vous êtes passé à côté de l'éternité ! C'est dommage ! Mais comme je vous l'ai dit, je ne peux rien faire pour vous.

– Sors d'ici ! » cria soudain Stanislas, excédé. Il savait bien, au fond de lui-même, que son sort était scellé. Que cette révélation inutile n'avait fait que rendre son entreprise plus risible aux yeux de cet homme qui l'avait désavoué, en se rangeant du côté de Léonard, et qui, à cette seconde, assurément, le jugeait. Jamais Théo ne lui accorderait d'aide d'aucune sorte. Pis, Stanislas le croyait. Théo était bien incapable de lui fournir une aide quelconque.

Stanislas rappela le centre d'analyse. Quand il déclina son identité, son interlocutrice se racla la gorge avant d'annoncer d'une voix timide.

« Docteur de Coligny, votre sœur est morte ce matin ! Toutes mes condoléances !

– Je m'en contrefous. Vous avez eu confirmation de mes résultats ? » Un peu abasourdie, la voix s'effaça quelques instants. On entendit pianoter sur un clavier d'ordinateur. Elle reprit, encore plus embarrassée.

« Je vous le confirme, docteur... Vous avez des métastases dans le sang. » Stanislas raccrocha. Il enrageait ! Il ressentit soudain les signes avant-coureurs d'une de ses crises qu'il n'avait pas vécues depuis une éternité. Il s'écroula au sol, pris de spasmes furieux. Stanislas était terrassé par une crise d'épilepsie.

5 mois plus tard

28

Une petite victoire

« Les batailles ne se gagnent jamais. On ne les livre même pas. Le champ de bataille ne fait que révéler à l'homme sa folie et son désespoir, et la victoire n'est jamais que l'illusion des philosophes et des sots. »

William Faulkner,
Le Bruit et la Fureur

13 septembre 2042

Théo se prélassait dans les plis et replis de son canapé à côté de Tolstoï. Il méditait tout en grattant le museau du labrador vert fluorescent qu'il avait recueilli à la mort de Stanislas. Tolstoï s'était pris d'affection pour son nouveau maître qui le dispensait de tous les exercices d'aboiement et de calcul qu'on exigeait jusqu'à présent de lui. Il pourrait désormais dormir tranquillement sur la moquette épaisse jusqu'à... pour... jusqu'à la fin des temps... pour les siècles des siècles... Théo et Tolstoï allaient être les compagnons d'une vie. D'une vie qui n'en finirait pas... De ne pas finir... Et pour toujours... Et à jamais...

L'écran lumineux de sa tablette attira son attention et le temps reprit ses droits sur l'éternité. Théo disposait de trois bonnes heures devant lui. Ensuite, il rejoindrait l'ODIN qu'il dirigeait depuis peu... Bien qu'il restât le plus jeune de ses agents... Bien que la jeunesse n'ait plus grand sens pour lui... Aujourd'hui, il avait la charge d'assurer la sélection des nouvelles recrues.

En attendant, il parcourait la revue de presse qu'il recevait en temps réel sur son journal électronique. Les articles répétaient inlassablement les mêmes nouvelles depuis plusieurs mois : la chute du gouvernement Lorentz, et la mise en cause des véritables coupables de l'anéantissement du Zoo, les ministres destitués et les dirigeants des administrations militaires.

> **Article du Monde libéré, 13 septembre 2042**
>
> **Sur les ruines du Zoo**
>
> Une odeur âcre émane de ce terrible endroit. Les ruines du Zoo fument encore ! Puisqu'il faut mettre un nom, parlons d'holocauste ! C'était inimaginable à notre époque, inimaginable dans nos contrées ! Et pourtant, il y a quelques mois, dans notre pays, l'impensable s'est bien produit. La mort du ministre – il est effroyable de se féliciter de la mort d'un homme – mais la mort du superministre Lorentz a précipité la chute du régime qui s'appuyait entièrement sur ses épaules. Tous les anciens dirigeants attendent maintenant en prison, avant d'être jugés pour crime contre l'humanité.
>
> On s'interroge sur ce que deviendra ce périmètre de désolation, une fois que les radiations se seront dissipées. Certains pensent en faire un mémorial afin de garder à l'esprit la folie des hommes. Le nouveau Président a lui-même

déclaré : « Il faut que cette zone serve de témoignage, de leçon aux générations futures qui...

Théo passa à l'article suivant, issu d'un journal interdit à la publication et la vente jusqu'au mois dernier.

Article du Partisan républicain, 13 septembre

Morts en série à Généton

Après le décès de tous les cobayes, dont le créateur de l'élixir de longue vie lui-même, Léonard Jansen, et le ministre Lorentz, le mythe d'immortalité se révèle bien, comme son nom l'indique... un mythe. Pour ne pas parler de poison. L'ensemble de la communauté scientifique, qui avait été exilée durant les années folles d'Eugenos, et qui retrouve aujourd'hui la parole, condamne sans retenue ces expériences insensées et la véracité de leurs résultats. Elles n'étaient qu'un prétexte pour manipuler l'opinion publique à grands coups médiatiques. En donnant foi aux affirmations ridicules de son éminence grise, le docteur Stanislas de Coligny, Lorentz s'est malheureusement pris à son propre piège... Aujourd'hui, les deux hommes sont morts, victimes de leur folie. L'un par naïveté, l'autre d'un cancer aussi foudroyant que la justice divine. N'est pas immortel qui veut ! Apparemment, Dieu garde jalousement ses privilèges, et fait chèrement payer toute tentative de concurrence. Aujourd'hui, il semble évident que l'immortalité n'est pas pour demain.

Article de Science et Démocratie, 13 septembre

Le débat Lorentz : la vérité sur la plus grande supercherie du siècle : le poison d'immortalité

Le ministre a été très imprudent de se risquer comme cobaye alors que jusqu'à présent...

Théo passa quelques lignes.

En effet, les deux premiers cobayes, Borja et Théo, auraient fait partie des victimes atomisées du Zoo. De toute manière, tout semble indiquer, qu'ils devaient eux-mêmes développer une tumeur au moment des faits...

Théo s'était habitué à sa mort assez vite. Il avait été exterminé avec les zoonards pour des raisons évidentes de confidentialité. Le nouveau gouvernement voulait mettre définitivement fin au fantasme d'immortalité.

« Tu peux venir m'aider ? » lui demanda sa tante Loanne, qui déballait des cartons contenant ses trésors d'enseignante. Des piles de bouquins en papier d'éditions classiques du début du siècle remplissaient l'espace de la première caisse.

« Aide-moi à les poser dans la bibliothèque, veux-tu ?

– Toujours amoureuse des vieilleries, Loanne !

– Jamais rien ne vaudra le plaisir de posséder de vieux livres pleins de lignes et de sagesse.

– Tu sais qu'en tant que décoration de salon, ça fait déjà plus de trente ans que les gens se contentent d'acheter des couvertures vides, la taquina Théo, d'autant plus que ça coûte beaucoup moins cher et que c'est plus léger....

– Tu es trop jeune pour comprendre mon attachement au papier, petit ahuri !

– J'ai plusieurs vies devant moi pour approfondir ton cas, Loanne. Laisse-moi le temps !

– Pauvre enfant ! J'espère que tu ne te lasseras pas trop vite... Tu sais... Pour moi, l'immortalité, ça ressemble à ça ! » dit-elle en tendant le bras vers la bibliothèque. Elle s'emporta lyrique :

« C'est la pensée universelle, la civilisation qui tient dans des étagères ! L'histoire des hommes qui se répète indéfiniment quels que soient les lieux et le temps et qui est racontée de mille manières différentes dans chacun des ouvrages de ces rayons.

– Tu parles d'une migraine ! » répondit-il à la vue de tout ce que pouvait contenir le meuble.

Théo se mit à ranger les ouvrages en vrac dans les rayons.

« Que fais-tu, malheureux ! Il faut les classer ! On ne met pas côte à côte Voltaire et Rousseau sans créer de conflits de voisinage, petit ignorant ! Je t'ai dit une lettre par étagère, le sermonna Loanne, avant de repasser derrière lui, et de réordonner les ouvrages.

» Si tu savais comme je suis soulagée ! confiat-elle. Cet enseignement commençait vraiment à me peser... »

Théo ne répondait pas. Il se concentrait sur le classement alphabétique selon la consigne de sa tante.

« Tu as su que le programme Eugenos s'avère être un fiasco complet de l'avis de toutes les personnes qui y ont participé ?

– Il paraît, répondit Théo maussade.

– Et la propagande a enfin cessé. Ils balançaient de ces absurdités...

– Comment allez-vous les rééduquer, ces enfants ? Vous y avez pensé, demanda Théo, qui avait commencé par le bout de la dernière rangée, et qui recherchait dans une pile à ses pieds quel auteur pouvait suivre Zola.

– On est en train de se réunir à ce sujet. On va leur inventer un nouveau programme spécialisé. Ils vont être séparés et placés dans des classes d'élèves au cursus classique, mais selon leur niveau, évidemment. Les professeurs suivront leurs évolutions avec attention. En parallèle, ces petits surdoués auront l'obligation de faire des travaux d'intérêt général : du soutien scolaire, de l'aide aux plus défavorisés, etc. Il faut qu'ils acquièrent une conscience sociale, quitte à forcer leur humanité.

– Je ne suis pas sûr que ce soit la meilleure solution, répondit Théo le sceptique. J'en recruterai bien quelques-uns dans mes services, ajouta-t-il.

– Attends au moins qu'ils aient seize ans. Ah la la, depuis qu'on a confié à Monsieur de nouvelles fonctions... »

Théo sourit. Sa caisse était vide. Il se vautra de nouveau dans les coussins, et poursuivit la lecture de son journal électronique, le temps que Loanne ouvre de nouveaux cartons de livres. Une nouvelle venait de lui parvenir à l'instant.

Article du Dauphiné 13 septembre 2042
Généton, la mort continue à rôder

La mort a établi son siège à Généton. Après l'échec retentissant du programme d'immortalité, le docteur Stanislas de Coligny, l'homme à l'initiative d'Eugenos, avait succombé à son tour à un cancer foudroyant. Ajouté au Ministre

Lorentz, au docteur Léonard Jansen, et à son épouse, voilà qu'aujourd'hui, la fille de ces derniers, Élena Jansen, a été retrouvée au pied de la tour. Tout porte à croire qu'elle s'est défenestrée. Si le sort s'acharne sur...

Théo relut plusieurs fois le début de l'article, en état de choc... Il savait que... Mais, il ne pensait pas... Élena avait fini par...

« Qu'est-ce que tu as ? Tu es tout pâle, demanda Loanne.

– La conne, murmura-t-il !

– C'est agréable, répondit Loanne, comme si le compliment lui était adressé. Que se passe-t-il, Théo ?

– Élena ! La fille de Fleur et Léonard s'est suicidée... Je vais faire un tour. »

Théo avait besoin de s'aérer. Il marcha jusqu'au siège de Généton. Des barrières de rubans lasers encadraient le périmètre où les restes d'Élena avaient été retrouvés. Il observa un long moment la tache de sang, dernière marque de son existence physique, puis il poursuivit jusqu'au Zoo. Il s'identifia auprès des policiers qui gardaient la zone, le temps de la décontamination. Ils l'alarmèrent du danger d'aller plus loin en s'exposant aux radiations. Théo les remercia, mais il savait qu'il ne risquait rien. Une des nouvelles propriétés qu'avaient acquises ses cellules immortelles, lui permettait de traverser indemne les champs de radiations. Il repéra plus ou moins la zone où étaient tombés Lili et Borja. Il ne restait pas de trace de corps. La bombe s'était révélée un parfait nettoyant. Des hommes en combinaisons blanches, plus loin, s'affairaient à mesurer les becquerels du secteur avec des appareils grésillants. Théo se recueillit quelques instants en pensant à ses anciens compagnons. Il revit des scènes. Il entendait les cris des agresseurs de Lili... Et ses hurlements... Des agresseurs sans visage... La plupart étaient aujourd'hui sous ses ordres.

Théo plia les doigts pour observer son ongle de plus près. Il s'engagea dans le couloir et sonna à l'interphone.

« M. Baxer ?

– En effet !

– Je viens de la part de Léonard ! » L'homme l'examina attentivement avant d'ouvrir.

Ils restèrent silencieux une longue minute, alors que le chercheur l'installait près d'un appareil similaire à celui que Théo avait déjà vu dans la chambre de Léonard, à Généton. Une sorte de vessie reliée à un écran. L'homme brisa le silence.

« C'est épouvantable, ce qui s'est passé. »

Théo ne commenta pas. Le chercheur décida d'aller à l'essentiel.

« Vous avez la carte ? »

Théo tendit l'index.

L'homme s'approcha, et avec une pince spéciale, décolla la mémoire attachée à l'ongle de Théo. Il l'inséra dans un orifice de l'étrange organe.

« Savez-vous comment vous comptez exploiter ces résultats ? demanda Théo.

– Je connais les anciens collègues de Léonard. Nous ferons notre possible pour travailler ensemble... Dans la confidentialité... Mais je crois malheureusement, qu'il ne faut pas se faire d'illusions. Dans un premier temps, on pourra se contenter d'évoquer la réparation des dégénérescences, mais ça ne fera pas long feu dans la communauté scientifique.

– J'appartiens à un groupe d'intervention dont l'une des priorités est de lutter spécialement contre ces dérives ! Il faudra limiter les traitements aux véritables malades et les administrer dans des laboratoires ultrasurveillés, avec notre accord et notre protection.

– Sans doute, sans doute... Mais ça se propage toujours ces choses-là ! C'est incontrôlable le progrès, vous savez ! Vous aurez beau museler la presse...

– Vous croyez qu'il vaut mieux tout détruire immédiatement ?

– Pour quoi faire ? Avec ce qui a été déjà publié ces mois derniers, et en se passant de ce matériel, dit-il, indiquant les formules qui défilaient sur l'écran, il faudra peut-être dix ans avant qu'un généticien, avec un peu de talent, y parvienne de nouveau. De toute manière, un autre Stanislas finira bien par se manifester. Je suis désolé de vous le dire, mais je crois que... Vous avez juste gagné du temps... Un peu de temps ! »

Plusieurs centaines d'années plus tard

Épilogue

« L'éternité c'est long, surtout vers la fin. »
Woody Allen

An 2...

Il tituba jusqu'à la salle, et poussa un autre hurlement qui déchira la nuit. Il pressa les touches, frénétique, avant que le système ne libère le boîtier de sa prison de verre. La fente était là, offerte, elle le fixait, presque impatiente, son heure était enfin venue. Il enfonça la clé pour enclencher le processus qui devait pulvériser la planète.

Cet ouvrage a été composé par
I.G.S. - Charente Photogravure à L'Isle-d'Espagnac (16)

et achevé d'imprimer en janvier 2004
par ***Bussière Camedan Imprimeries***
à Saint-Amand-Montrond (Cher)

Imprimé en France
Dépôt légal : 42341 - 01/04.
N° d'impression : 040006/4.

ISBN : 2-7024-3241-7

Édition 01